FUEGO
en mis
VENAS

Susana Mohel

© 2016 Susana Mohel
ISBN-13: 978-1537763989
ISBN-10: 1537763989
Corrección de estilo y edición: Marianna Craig
Diseño de portada: H. Kramer

A dondequiera que tú fueres, iré yo, y dondequiera que vivieres, viviré.

Tu pueblo será mi pueblo, y tu Dios mi Dios.

Rut 1:16

Arriésgate, lucha, nunca te des por vencida.
Pero, sobre todo, se feliz.
Siempre por ti, princesa.

Las canciones que arden con el fuego entre mis venas

Bird Set Free – Sia
Thick Skin – Leona Lewis
Kickstar My Heart – Mötley Crüe
How You Remind Me – Nickelback
Black Hole Sun – Soundgarden
Don't Look Back In Anger – Oasis
The Show Must Go On – Queen
Amazed – Lonestar

Regla #1: Que tus actos siempre reflejen quien eres y en lo que crees. La lealtad comienza cuando te eres fiel a ti mismo.

Capítulo 1

—Pero es que eso es humillante —le respondo a mi padre, levantándome de la silla y caminando por la gruesa alfombra que cubre el suelo de su oficina.

—Es la oportunidad que has estado esperando, Jordan, deberías agradecerlo —agrega tan campante, como si lo que me estuviera ofreciendo fuera un regalo del cielo.

—¿Qué es lo que debería agradecerte? —Pregunto, intentando no levantar la voz. Dios, qué esfuerzo me está costando—. ¿Que mi padre mueva toda su maquinaria y me ofrezca un ascenso para el que no califico?

—Claro que calificas —replica.

Por primera vez en todos los años que llevo de servicio como oficial de la Armada, siento que el uniforme me queda grande.

Esta noticia acaba de reducirme a nada.

A un insignificante pelele que su padre mueve a su completa discreción.

Todo mi esfuerzo se ha ido por el caño.

Me han jodido.

Mi padre me ha jodido.

—Ambos sabemos que no es así. —Seamos sinceros, no estamos para mentiritas ni verdades a medias, a las cosas por su nombre—. No tengo el tiempo de servicio, me faltan un par de años para completarlos y…

13

—¿Está poniendo en tela de juicio mi criterio, teniente? Mierda, ya salió la carta del superior.

—Papá, bien sabes que lo que estoy diciendo es cierto.

—Soy tu superior, no me jodas, y vas a hacer lo que yo te ordene.

Comenzamos jugando sucio, esto no va a ser fácil.

Mejor me río para no liarme con él a gritos, o a golpes, que sería peor.

—Eres mi padre cuando te conviene, nunca tengo plena seguridad de con quién estoy hablando.

—Siempre voy a velar por tus intereses, eso no lo dudes —admite en voz baja. Un tono que a oídos inocentes podría sonar hasta conciliador.

Claro que mi padre vela por mis intereses. A su modo, claro está.

—¿Mis intereses? —Lo enfrento—. Dime, entonces, ¿por qué es bueno para mi carrera ponerme en ridículo delante de los marinos de los que estoy a cargo?

—Jordan, nadie ha hablado de regalarte las insignias, tendrás que competir, trabajar duro, esforzarte por merecerlas.

—Eso he hecho desde que entré a la academia —respondo y grito, me importa una mierda quien me pueda escuchar—. He trabajado muy duro, día a día por hacerme un lugar, por ganarme el respeto, por lo que soy, por lo que hago, no por apellidarme Bauer.

—Deberías agradecerlo, ya quisieran muchos estar en tu lugar, Jordan.

—Entonces elige a alguno de tus peones y ofréceles el ascenso, yo no lo quiero.

—Es una decisión tomada —asegura—. Ya los despachos han sido entregados, no hay vuelta atrás.

Y sabiendo cómo es la gente de mi unidad, seguramente ya el chisme ha corrido como fuego sobre un barril de pólvora.

—Vas a llegar lejos —agrega como si fuera un designio divino—. Mírame, el hijo de un trabajador de la construcción y una secretaria. Si yo he llegado a ser almirante, tú vas a alcanzar metas aún más altas, el pentágono espera por ti.

Y, sin embargo, no es lo que yo quiero. Mi meta es vivir en el mar, comandar mi propio barco.

Ser el retoño del contralmirante Bauer no siempre ha resultado ser una bendición, al menos no aquí.

—Esto no es justo —contesto sin darme cuenta, casi pensando en voz alta.

—La milicia no es justa, aquí no se trata de lo que quieras, se trata de seguir órdenes sin discutirlas.

—No creo que…

—Aquí vamos otra vez, no se te paga por creer, teniente, aquí vienes a obedecer.

Maldita sea mi suerte. Si bien he trabajado como una mula desde el primer día, esta no es la forma en la que esperaba recibir incentivos, ya sabía yo que el hecho de que mi padre y yo estuviéramos en la misma base no me iba a traer nada bueno.

Hawái, el archipiélago al que muchos llaman el paraíso, acaba de convertirse en mi infierno personal.

Con lo que me gustaba vivir aquí.

—Prepárate, porque el lunes sales para San Diego.

—Mis hombres están en pleno entrenamiento, sabes bien que pronto partiremos hacia medio oriente y hay mucho por hacer.

Estoy dando patadas de ahogado. Mi suerte ya está echada.

—Ellos se irán —aclara mi padre—. Los planes para ti son otros, tómate el fin de semana. Es jueves, nos vemos el lunes en la pista a las cero seiscientas.

Estoy que le prendo fuego a esta maldita oficina y me importa muy poco si se queman los preciosos mapas antiguos que mi padre lleva años coleccionando y que ahora adornan las paredes de su oficina. Los cientos de libros que reposan en las estanterías de madera, bien me van a servir para hacer arder toda esta mierda.

Lo peor es que, aunque no me guste ni un ápice la imposición de mi padre, no me queda más que seguir con sus órdenes.

Sabía que esto tarde que temprano iba a suceder, pero jamás me imaginé que sería tan pronto. Pensé que mi padre utilizaría toda su influencia para que mantenerme lejos de las zonas de conflicto, resguardándome del peligro. Como si yo fuera alguna clase de delicada florecita a la que hay que mantener en una cápsula de cristal.

Nunca lo he sido y jamás lo seré.

El cinturón negro que cuelga en mi armario es una muestra de eso.

Tengo años preparándome en cuerpo y mente para el combate, para la acción, aunque mi progenitor se empeñe en lo contrario.

—¿Tiene algo más que decirme, almirante?

—Siéntate, Jordan, tenemos que hablar.

Me quedo de pie en donde estoy, mirándole fijamente a los ojos. Si no puedo desafiarlo de la manera en que me gustaría, tampoco voy a ser su marioneta.

—¿Voy a hablar con mi padre o con el contralmirante Bauer? —Pregunto.

Mi padre levanta una ceja, en un gesto de claro disgusto, debo contener la sonrisa. Está enfadado, muy enfadado, y eso me causa un extraño sentimiento de satisfacción.

Me dejo caer en la silla, sin despegar la mirada de la suya. No me importa si esto parece poco profesional, este asunto es de familia.

Que alguien se atreva a decirme lo contrario.

De no ser quien soy, no estaría en semejante berenjenal.

—Jordan, esta es una gran oportunidad para ti, la competencia será dura, sólo hay una posición disponible y debe ser tuya. Ese lugar te pertenece.

—¿Sí? —Lo reto—. ¿Por ser el vástago del ilustre Jordan Bauer?

—No te pases —me corta—. Mi nombre es respetado.

—Entonces debiste dejar que mi madre me llamara como a ella se le diera la gana.

—Aunque te niegues a reconocerlo, tú y yo somos iguales, nacimos para navegar, nuestra vida está en el mar.

Y esa es mi condena. Mi perdición.

Eso fue lo que me llevó a entrar en la academia.

—Voy a hacer lo que tengo que hacer, de eso no te quepa la menor duda.

Y lo voy a hacer por mí. Mis años de trabajo duro no se van a ir a la mierda.

Aunque ahora tenga que pensar en cómo voy a lidiar con ella.

—Es todo lo que quería escuchar, sé que no me decepcionarás.

—Esto no se trata de ti. —Quiero dejarlo bien claro.

—Al final el resultado es el mismo —termina sonriendo—. Puede retirarse, teniente.

Salgo de la oficina de mi padre, teniendo mucho cuidado al cerrar la puerta, de mil amores daría un portazo, como un adolescente rebelde. Pero, aunque el personaje que está ahí dentro sea mi padre, estamos dentro de la base naval y más tardaría yo en dar dos pasos fuera de la sala de espera, que en llegarme un citatorio de asuntos internos.

Me guste o no, Jordan Bauer es mi superior y como tal, debo respetarlo, obedecerlo y jamás cuestionarlo.

Por fortuna no me encuentro con nadie importante en mi camino, necesito un momento de tranquilidad, poner mis ideas en orden, prepararme para lo que sigue.

Esto ha cambiado mis planes de manera radical. Hasta hace unas horas pensé que partiría hacia el Golfo Pérsico, como segundo a bordo en un destructor. Ahora eso ha quedado atrás, debo empacar mis cosas para dirigirme a un destino que no había esperado.

Me voy a California a perseguir un sueño que no es el mío.

El pentágono —bufo—. No me interesa eso, la pesadilla de lidiar con políticos, el rollo burocrático no es lo mío, no quiero pasarme el resto de mi vida besándole los traseros a una panda de petulantes que no pueden ver más allá de sus narices.

Quiero ir al lugar en que las medallas se ganan con sangre y sudor, no sentarme tras un escritorio mientras veo pasar la vida por la ventana.

Quiero jugar, no ser un simple espectador anónimo.

¿Por qué no me pudo interesar otra cosa?

La medicina, la arquitectura. Diablos, hasta la maternidad de gallinas suena atractiva en estos momentos.

Cualquier otra cosa.

Pero no, aquí estoy, porque a los doce años mi padre me llevó por primera vez de visita a un barco y desde entonces no pude pensar en otra cosa.

Para muchos marinos el mar es su lugar de trabajo, dejan de verlo como la maravilla que es. Para mí es otra cosa. Es mi hogar. Me encanta surcar las olas, navegar. Jodida mierda, ojalá fuera suficiente con comprarme un velero y echarme mar adentro.

Descubrí que formar parte de la armada no sólo era una profesión, es un estilo de vida, una religión. Y yo me hice ferviente creyente, me gustan sus valores, sus objetivos, la manera en que convierte hombres y mujeres comunes en titanes.

Y, sin embargo, aquí estoy porque, como mi padre dijo hace un rato, somos más parecidos de lo que quiero aceptar.

Hubiera sido mejor que del cielo les cayera una niñita remilgada y candorosa, esas a las que les gusta vestirse de rosa y ponerse lazos en el cabello.

Jamás en mi vida he querido ser otra persona.

Hasta ahora mi corazón siempre estuvo lleno de orgullo, nunca me sentí fuera de lugar. Ni de tiempo.

Hasta ahora...

Apoyo mis brazos sobre el barandal, contemplando en silencio el cielo de este archipiélago que he aprendido a amar.

Dejando que la brisa salada me calme, siempre lo hace. Es un elixir, un bálsamo. Mi canción de cuna.

Cierro los ojos y me dejo llevar. Me dejo seducir.

Respiro, respiro, respiro.

La magia parece que ha dejado de surtir efecto.

Mi sangre sigue siendo lava ardiente corriendo por mis venas.

—Teniente —escucho gritar a una voz a lo lejos.

No me importa, no es conmigo, seguramente hay más oficiales de mi mismo rango pululando por ahí.

—Teniente Jordan Bauer —vuelven a gritar, esta vez más cerca. A unos cuantos pasos a mi espalda.

Me niego a creerlo.

La voz insiste y no puedo evitar voltear.

—¿Jordan? —¡Carajo! Estamos en la base, ¿por qué me llama así?

—¿Qué haces aquí? —Es lo primero que me sale de la boca.

—¿Esa es la manera de recibir a tu amigo del alma?

Tiene toda la razón. Aunque haya pasado el tiempo, él y yo éramos uña y carne. Cómplices inseparables.

—Casper, ¿qué haces aquí?

No tengo necesidad de preguntar, sé la respuesta.

Esto es la armada de los Estados Unidos de América, pero a veces me pregunto si se diferencia en algo del patio de recreo de una escuela.

Los chismes vuelan como pólvora.

—Ya te enteraste, ¿verdad?

Mi amigo asiente sin dejar de mirarme, mientras otra vez mascullo una maldición.

Regla #2: Si ya decidiste que es tuya, ¿qué esperas para que el mundo lo sepa?

Capítulo 2

—¿Qué piensas de todo esto? —Le pregunto rompiendo el silencio.

—Lo que yo piense no es importante, Jordi, la decisión está tomada. Si lo piensas bien y dejas de lado lo que pueda decir la gente, es una gran oportunidad, debes aprovecharla. Has pasado por mucho, nadie lo merece más que tú.

Mi pasado nada tiene que ver con esto. Ni los errores que cometí.

—¿Qué has escuchado? —Eso es lo que realmente quiero saber, ahora no estoy para psicología barata.

—Algunos han dicho que te han dado el ascenso por ser la única hija del contralmirante Bauer, otros dicen que eres la consentida de la base, la chica dorada de la armada. Pero, como soy tu mejor amigo —afirma—, les he dicho a todos que sabemos que el tiempo de ascenso se puede acortar si llevas una carrera meritoria, todos sabemos que has sido impresionante desde que estabas en la academia.

—Gracias por tu apoyo, Cas —respondo con voz neutra.

—Eres mi amiga del alma, Jordi, desde que éramos un par de cadetes, sabes que siempre te he defendido y te defenderé.

Miro a mi amigo como hace mucho tiempo no lo hacía. A pesar de ser delgado, tan blanco que casi parece transparente y que ha perdido ya bastante cabello, Casper William Sewell es un buen hombre, un excelente oficial y un gran amigo.

—Gracias, Casper, eres el mejor de todos. —Esta vez me animo a sonreír, sólo un poco, pero algo es algo—. Espero que alguien crea tu teoría.

—No es una teoría —agrega riéndose—. Aunque algunos no quieran reconocerlo, sabemos que es verdad, ninguno de nosotros te llega ni a los talones, Jordi. Si estaban buscando el mejor de los oficiales para un ascenso, tú eras la primera opción.

—¿Qué hay de ti? —Pregunto—. Tienes varios años más que yo en servicio, además de vasta experiencia como submarinista.

Él sonríe, mientras mira hacia abajo y mueve la punta de su brillante zapato negro.

—Ya vendrá algo para mí —contesta sin mirarme a los ojos—. ¿Cuáles son tus planes para el fin de semana? Si quieres, podemos rentar un catamarán y salir a pescar. Tal vez sería divertido invitar a algunos más, pero si quieres, sólo seremos tú y yo. Será como otras veces, riéndonos del mundo y de toda la porquería que nos rodea.

—Quiero ir a mi casa de Hanalei —respondo sin saber de dónde ha salido eso, aunque es una excelente idea—. Debo ir a arreglar algunas cosas, después de todo, no sé cuándo vaya a volver.

—No tienes por qué estar sola, Jordi.

—Lo sé —suspiro—, y te lo agradezco, pero quiero disfrutar de mis últimos días aquí a mi propio ritmo.

—Eres diferente al resto de las chicas que conozco.

—Bueno, eso siempre lo hemos sabido —respondo con una sonrisa en los labios—. Y eso, es lo que me hace especial.

Tres horas más tarde, vestida ya en mi ropa de civil, estoy abordando un pequeño avión comercial que me llevará hasta la vecina isla de Kauai, ahí es donde tengo mi casa, frente a la bahía Wainiha. Bueno, decir que es una casa es hacer una gran exageración. No es más que un apartamento de lo que el vendedor denominó dos habitaciones y una espaciosa sala comedor con una cocina abierta.

Es tan pequeño que, para poder meter la mesa del comedor, tuve que poner el sillón en una de las habitaciones. En la otra, separada del salón por unos paneles de persianas de madera, armé una cama *Queen Size* en la que generalmente duermo como un bebé.

Mi padre dijo que era una ratonera en un rincón olvidado de la isla, que si me dignara a aceptar su ayuda, podría comprar un condominio en uno de esos complejos que tan de moda están, que cuentan con cualquier lujo que la imaginación pueda conceptualizar. Sin embargo, yo estaba y sigo estando, orgullosísima de haber podido comprar el viejo apartamento.

Al entrar en el apartamento, lo primero que hago es cambiarme los zapatos y salir corriendo hacia la playa.

Corro justo en el borde del agua, sin importarme que mis deportivas se llenen de agua, volviéndose cada vez más pesadas. Necesito esto, sentir los músculos de mis piernas adoloridos. Me dejo llevar por el viento, olvidándome de la distancia, tanto, que casi debo regresar a casa arrastrándome.

Después de darme un baño, me dejo caer sobre la cama, Morfeo me envuelve con sus arenas de sueño y no opongo ninguna resistencia.

§§§

Mi teléfono suena una y otra vez, no tengo la menor idea de quién podrá llamar a estas horas de la madrugada. Sí, para mí es de madrugada, estoy libre del trabajo y aunque el sol ya se cuela por las delgadas cortinas que cubren las ventanas de mi habitación, me siento pesada, una mujer vieja en el cuerpo de una treintañera.

Que se joda quien me esté llamando. Si le urge, que deje un mensaje, cuando pueda abrir los ojos apropiadamente ya le responderé.

¿Qué por qué me ha afectado tanto todo este asunto?

Porque es mi credibilidad como oficial lo que está en tela de juicio. Siento que ha sido un golpe bajo y quien me lo ha propinado, ha sido nada más y nada menos que mi propio padre. Estoy segura de que él ha usado su influencia.

También me siento traicionada, mi padre sabe lo duro que he tenido que trabajar. No entiendo de dónde viene todo eso de que espera que llegue al Pentágono, para empezar, él nunca quiso que entrara en la armada, siempre dijo que el trabajo de un oficial era muy duro, que esperaba para mí otro tipo de vida, sobre todo después de que mi madre muriera.

Aunque usted no lo crea, soy ingeniera naval, me gradué de la academia con el mayor honor. Mi especialidad es un secreto que no puedo revelar así tan abiertamente, digamos que trabajo en nuevas tecnologías, es por eso que he estado entrenando con un grupo de soldados de élite. Desde que dejé la academia no he parado ni por un instante, tras graduarme enseguida fui asignada a la fuerza naval del Pacífico y es ahí en donde he estado trabajando desde entonces.

El teléfono vuelve a sonar y cuando va por la quinta llamada, decido apiadarme de quien sea y contestar.

—Jordi —escucho decir a Casper—. ¿Estás bien? Estaba preocupado.

—Buenos días, Casper —respondo seca, mi amigo sabe que antes de tomar mi taza de café soy tan amigable como un oso con los pies llenos de espinas—. Estaba perfectamente hasta que alguien me despertó. ¿Pasó algo?

—¿Jordi, estás bien? Tú nunca duermes hasta tan tarde.

Veo en el reloj de la mesita de noche que pasan ya de las diez de la mañana.

—Siempre hay una primera vez —replico.

Por unos cuantos segundos ninguno de los dos dice nada, hasta que es Casper quien rompe el silencio.

—Unos amigos y yo decidimos salir a pescar, si sigues en la base puedes venir con nosotros.

—Volé ayer a Kauai, me voy a quedar aquí hasta el domingo en la tarde, disfruta tu paseo, Casper. Espero verte en la pista.

—Sabes que ahí estaré —dice y eso me hace sonreír.

Tras una corta despedida, terminamos la llamada, entiendo la preocupación de Casper, aunque de cierta manera me agobia. Él me conoce bien, sabe que cuando quiero estar sola es porque necesito mi espacio, andar a mi propio paso. Sin nadie alrededor que me diga qué tanto debo apretar la marcha. De eso tengo bastante día a día en la base.

Cuando salgo, es porque quiero olvidarme de las normas y ser libre.

Ser yo.

Sin títulos, sin medallas, sin que el exterior importe.

Una hora y media más tarde, estaciono mi destartalado Jeep en una zona al este de la isla, es muy popular entre los locales y los turistas venir a este lugar. La cascada de *Kipu*.

Aunque es pequeña en comparación a otras, es increíble, lo mejor es que hay un árbol en la orilla de una saliente, justo sobre el pozo de agua, alguien tuvo la genial idea de colgar algunas cuerdas y es hilarante mecerse como un monito y tras el aventón inicial, dejarse caer unos cuantos metros. A excepción de un grupo de jovencitos, que parecen estar pasando sus vacaciones de primavera, el lugar está vacío.

Tras encontrar un lugar en el que dejar asegurada mi mochila y quitarme la ropa, me lanzo de cabeza al pozo, nadando hasta la otra orilla, en donde en medio de las raíces del árbol, han anclado una delgada escalera metálica para subir hasta donde las cuerdas se encuentran.

Subo a toda velocidad, emocionada por lo que viene.

Una vez arriba me acomodo el bikini, no sea que alguna de mis partes pudendas quede al descubierto y me preparo para salir corriendo y tomar impulso.

—Espero que no vayas a saltar —dice una voz desconocida a mi espalda.

Es la voz de un hombre, profunda, grave, seductora.

Sintiéndome más segura que otras veces, volteo la cabeza por encima de mi hombro, sólo un poco, lo suficiente para esbozar una sonrisa, aunque no lo bastante para ver a mi interlocutor, lamentablemente, justo antes de contestar—: Por supuesto que sí.

Corro y me lanzo sobre el agua, a mi lado oigo un rugido que parece un grito de guerra.

Entro en el agua salpicando para todos lados, esto es divertidísimo, me encanta. Abro los ojos bajo la superficie, para encontrarme a alguien nadando hacia mí. Salgo lo más rápido que puedo, vine aquí a estar sola, no a coquetear con algún chico de fraternidad, no estoy dispuesta a convertirme en el trofeo de caza de ningún imbécil.

Busco aire, quitándome el cabello de la cara, dispuesta a emprender camino a la orilla, hasta que él aparece frente a mí y mis intenciones se me olvidan.

Ojos brillantes, una ambarina mirada intensa, una fuerte mandíbula, acompañada de un gesto que me hace vibrar. Hombros anchos, en los que serpentea gruesas líneas de tatuajes negros y una avasalladora actitud de ganador. Se mueve con seguridad, cómodo en su propia piel. Es un hombre, un hombre que me mira como un depredador y yo soy la presa. Una que quiere deslizar sus manos por su cabello corto y descubrir qué hace que ese par de hoyuelos salgan a la vista.

Estoy en problemas.

—¿Qué haces aquí sola? —Pregunta mirándome con el ceño fruncido.

Bueno, ¿este qué se cree?

—Divertirme —respondo restándole importancia.

—Este no es el lugar para que una chica bonita venga sola, hay mucho loco suelto por todas partes.

—Parece que he dado con el único que anda suelto por estos lares.

Él se ríe, lo que me hace sonreír, aunque no quiera. Y me pregunto, ¿la loca no seré yo por querer seguir aquí con él? *Por Dios, si es un desconocido.*

—Eso es solucionable —dice.

¿Estoy pensando acaso en voz alta?

29

—Soy Alec Hudson —afirma sacando su mano del agua, ofreciéndomela.

—Soy Ania —respondo, estrechando mi mano con la suya.

En teoría no es un desconocido y parece que no va a atacarme. Sin embargo, algo me dice que estoy metida en graves problemas.

¿Serán las mariposas que revolotean en mi estómago?

Regla #3: Los mejores platillos son aquellos que merecen saborearse lentamente.

Ve paso a paso, al final, la recompensa valdrá la pena.

.

Capítulo 3

Alec no me quita los ojos de encima, para ser sincera, ante su descaro yo también hago lo mismo.

Jamás me intimido ante nadie, este hombre no va a ser la excepción. Si mi mundo va a marchar a un paso, entonces será al mío.

—¿Qué hace una chica tan linda sola en un lugar como este?

—Huir de los idiotas que sueltan frases trilladas — respondo soltando una sonora carcajada.

—Tengo guardadas algunas que son peores, ¿quieres escuchar unas cuantas?

Vuelvo a reírme, a pesar de que lo acabo de conocer hace dos minutos, puedo decir que me cae bien. Un hombre que tiene los pantalones suficientes como para reírse de sí mismo, es un hombre inteligente.

Me gusta eso.

No soporto a los idiotas. Francamente les tengo alergia.

Sobre todo, después de…

—¿Quieres saltar otra vez? —Le pregunto después de un rato.

—Francamente —responde—, no estoy seguro de haberme recuperado de la impresión de haberte visto saltar como una loca.

33

—Es algo que he hecho muchas veces. —Y es cierto, me gusta venir a este lugar. Hay algo aquí que me llama a un nivel muy profundo.

—¿Estás en tu elemento? —Pregunta levantando las cejas.

Su cuestionamiento parece sencillo, pero de alguna manera creo que amerita una respuesta más profunda.

¿Por qué? No lo sé.

—Soy una mujer de acción, me gusta estar siempre en movimiento, si le preguntas a mi padre, dirá que soy como un barril de pólvora. Pero sí, me gusta el agua, es parte importante de mi mundo.

—Entiendo —dice mirándome fijamente—. Eres como los volcanes que formaron estas islas, fuego y agua, dos elementos juntos y en equilibrio.

Hablando de filosofía.

—¿Equilibrio? —Me muero de la risa—. Tal vez no te convenga verme enojada.

Alec me mira serio, su expresión es intensa, inescrutable, dice algo y yo quiero descubrir qué es.

—Me gustaría verlo —admite—. Será como un fenómeno de la naturaleza. Un espectáculo digno de admirar.

—Eres temerario —suelto.

—En mi trabajo debo serlo, el peligro se esconde a la vuelta de la esquina.

Quiero preguntarle más, quiero que me cuente muchas cosas. Quiero saber de su vida, pero antes de que la pregunta salga de mi boca, me doy cuenta de que, si lo hago, entonces también deberé responder a lo que él quiera saber.

Y no, no estoy lista para hablar de mí.

Además, me gusta el misterio.

Mantengámoslo interesante.

Al menos por ahora.

—Entonces —le reto—, ¿vas a saltar o tu anciano corazón no se ha repuesto del susto?

De anciano Alec no tiene nada, así a vuelo de pájaro le calculo unos treinta y muchos, muy bien llevados, por cierto.

—Bueno, preciosa —dice—. Si lo que quieres es divertirte, quién soy yo para oponerme a ello.

Se aleja de mí, dirigiéndose a la orilla, sobre la cual está la escalera, un momento más tarde, voy siguiéndole el paso.

Pronto, los chicos que estaban al otro lado del estanque, se unen a nosotros. Como había predicho, son todos universitarios. De segundo año, para ser exactos. Las risas y los gritos de júbilo pronto llenan el espacio a nuestro alrededor, ellos están extasiados de que una —chica— les pueda seguir el paso y yo, bueno, estoy acostumbrada a moverme en un mundo de hombres.

El tiempo pasa rápido, me he quedado aquí más de lo que tenía planeado. No me importa, me lo estoy pasando bien, mis preocupaciones se han quedado atrás.

En otro momento me ocuparé de ellas. Cada día trae su propio afán, dicen por ahí. Aquí y ahora, quiero divertirme.

—Escucha —dice después de un rato—. Muero de hambre, conozco un lugar cerca de aquí en el que sirven el mejor *Lomi Lomi* de la isla, si no quieres que esta tarde termine pronto, ven conmigo.

Me ofrece su mano y siento que esta invitación significa mucho más.

Antes de darme tiempo de seguir pensando en secretos ocultos en frases no dichas, pongo mi mano sobre la suya y me dejo llevar.

—No voy a subirme en eso —le digo al ver que él señala a la motocicleta negra estacionada a unos cuantos pasos de nosotros.

Los universitarios siguen como peces en el agua, literalmente. Y, a pesar de sus quejidos, no quería quedarme más tiempo con ellos.

La cascada perdía su atractivo.

—No me digas que te da miedo —se burla—. Podemos ir tan despacio como tú quieras, pero estoy seguro de que te va a encantar sentir la velocidad, el viento acariciando tu rostro, la libertad.

Si tan sólo él supiera…

—Claro que no —respondo airada—. La verdad es que mi Jeep está justo ahí, ve por tu cuenta y yo iré por la mía.

—Esa es la peor excusa que he escuchado alguna vez —agrega.

—No es una excusa —replico—. Ese es mi coche, aquí están las llaves.

Busco mi llavero dentro de mi bolso, no me cuesta mucho encontrarlo. Aparte del delgado vestido que traigo puesto y una pequeña toalla, no hay mucho ahí. No soy de esas mujeres que cargan de cuanta cosa, el estilo Mary Poppins no es lo mío.

Practicidad ante todo.

—Te traeré a recogerlo en un rato, ven conmigo —pide y quiero decir que sí.

Sin embargo…

—Sígueme —le digo—. Dime a dónde vamos y después déjame que lidere el camino.

Es una invitación y también un reto.

He soltado el guante, ahora espero que él se atreva a recogerlo.

Alec me da santo y seña de un lugar al que nunca había ido antes, no es más que una cabaña de madera a la orilla del mar en la que sirven el mejor plato de salmón asado a fuego lento y tomate que he probado en toda mi vida. Además, la vista es espectacular.

Sí, estoy hablando de lo que tengo enfrente. No es sólo el mar, ni la playa. Es estar aquí con él. Me hace respirar profundo y al mismo tiempo me corta el aliento.

Alec no se parece al príncipe azul con el que todas las chicas soñamos alguna vez. No. Él es demasiado masculino para eso. Es guapo en una forma muy primitiva, un hombre que está seguro de cada paso que da.

La tarde se pasa tan rápido que sólo soy consciente de que el tiempo se ha ido cuando el sol se oculta en el horizonte.

—Escucha —dice—. Tengo que irme.

Quiero gritarle que no, que se quede aquí conmigo, sin embargo, lo miro desafiante, indiferente, retándolo a que me ignore. Aunque dentro, muy dentro, esté sintiendo que las horas se me han ido volando y que sigo queriendo más.

No des tu brazo a torcer, nunca jamás.

—Me gustaría llevarte a cenar a un lugar que conozco, ¿qué dices?

Una sonrisa se dibuja en mi rostro, es un pequeño triunfo que debo concederme. Sí, me gusta, es cierto. Pero también tengo el mismo efecto en él. No he perdido mi toque.

Debajo del uniforme se esconde una mujer.

Una mujer poderosa.

Nos ponemos de acuerdo, después de un tira y afloje, acepto que él venga a recogerme a casa.

A las nueve me he enfundado en uno de mis conjuntos favoritos, un short rojo, acompañado de una blusa del mismo color, que por delante parece remilgada y por detrás tiene un escote que llega hasta donde la espalda pierde su nombre.

No tengo mucho tiempo de contemplarme frente al espejo, tocan a la puerta y sé exactamente de quién se trata.

Alec.

Al pan, pan, y al vino, pues vino. Desvestido es un adonis, pero con esa ropa encima es una tentación andante. Dan ganas de desenvolverlo lentamente, como a un bombón y descubrir qué esconde, a qué sabe su piel, mis dedos hormiguean, mi sangre arde.

Esta noche pinta muy interesante.

Él me mira intensamente, casi con la boca abierta, sin decir nada, hasta que en sus labios se dibuja una sonrisa.

—Estás… —para comerte, casi puedo escucharlo terminar.

—¿Otra de tus frases malas, Houston?

—La peor de todas, es imposible que un hombre logre hilar una frase entera al verte.

Ambos nos reímos, cortando la tensión que llena el ambiente. Sí, tensión sexual. Ambos lo sabemos y eso no hace más que aumentar la llama.

Sin perder más el tiempo, toma de mi mano, dándome apenas la oportunidad de tomar mi bolso de mano y cerrar la puerta de la casa. Me conduce hasta donde nos espera su motocicleta negra.

—Esta vez no tienes excusa, preciosa —dice antes de poner en mis manos uno de los cascos negros.

Lo cierto es que agradezco la distracción, en el espacio cerrado de un coche muchas cosas pueden pasar y es demasiado pronto para eso. *Sí, sí, ya sé que sólo voy a estar aquí por el fin de semana, aun así, no es el momento.*

Alec sube primero, sin embargo, no deja de comportarse como un caballero y me ayuda a hacer lo propio. En cuanto emprendemos camino me doy cuenta de mi error. De mi craso, inmenso error.

La motocicleta es un estimulador gigante, Alec la conduce a toda velocidad y con maestría. En principio mis dedos se aferraron tímidamente a su cintura, cinco minutos más tarde, él toma una de mis manos con la suya y la acomoda sobre su pecho, sin darme la oportunidad de retroceder, la deja ahí, conjurando un hechizo que haga desaparecer la tela.

Tampoco me es ajeno el hecho de que él se mueve entre mis piernas, haciendo lo que sabe hacer. Mi mente perversa vuela más rápido que el vehículo en el que vamos y me alegro, de verdad me alegro, de que no pueda leer mi mente.

—Espero no haber quedado como un adefesio — refunfuño al quitarme el casco.

Tanto tiempo que tardé amansando mi cabello, adiós a las ondas sueltas, bienvenido sea el nido de pájaros.

—Estás preciosa —contesta, dándome un beso rápido y seco en los labios.

Más que sorprendida, he quedado con ganas de más.

De mucho más.

Como muchos de los lugares de la isla, el restaurante está a un lado de la playa, había pasado muchas veces por aquí, sin detenerme. Generalmente cuando vengo lo hago sola, este es mi refugio personal. Mientras entramos, me percato de que, sobre la terrada de madera, hay un bar lleno de gente.

—¿Vienes muy seguido por aquí? —Le pregunto.

—¿Soltando frases trilladas, Ania? —Se burla y ambos nos reímos del comentario tan absurdo.

—Es la segunda vez que estoy aquí —dice después que nos hemos sentado en una mesa para dos, al lado del barandal. Levanto las cejas invitándolo a continuar—. Un compañero de… de mi trabajo se casó aquí el verano pasado, todos fuimos invitados —termina encogiéndose de hombros, como si eso explicara cualquier cosa.

Cenamos hablando de todo un poco, ninguno de los dos menciona específicamente a qué se dedica, lo cual es un alivio. Por regla general los hombres reaccionan de dos maneras al enterarse de que soy un oficial de la armada, la primera, comienzan a hacer toda clase de preguntas estúpidas sobre la guerra. La guerra es horrible, punto, aunque me encanta mi trabajo, no es agradable rememorar las consecuencias. La segunda, es que salen huyendo como si estuviera apestada, no, señores, una mujer con los pantalones bien atados a la cintura no es una criatura mitológica a la que hay que temerle. Un par de bandas sobre mis hombros no me convierten en Medusa.

Llevo más de tres tragos de una cosa preparada con mango y ron, así que la cabeza comienza a darme vueltas. Alec no toma más que agua mineral, cosa que agradezco, al fin y al cabo, él viene manejando su vibrador gigante. Perdón, su motocicleta. Maldito alcohol que me hace pensar incoherencias. Malditas hormonas que bloquean mis defensas. Maldito sea el calentón.

La música proveniente del interior del local retumba en nuestros oídos, sin esperar ni pedir permiso, Alec toma mi mano y me conduce al interior, pegando mi espalda a su pecho, rodeándome con el calor de sus brazos.

Reto aceptado.

Lo miro por encima del hombro, con coquetería —y valentía—, mientras muevo las caderas. Su agarre se aprieta, su aliento acaricia mi cuello, sus manos viajan por mi torso, bajando, bajando, hasta llegar a mis muslos desnudos.

Sus dedos, curiosos y expertos, suben por dentro de las perneras de mi short, encontrándome húmeda y tibia.

Gruñe al percatarse de que estoy lista para él, la vibración proveniente de su pecho me excita y me emociona, así que él no pierde el tiempo.

—Ven conmigo, Ania —me ruega rompiendo el beso—. Ven conmigo a mi hotel.

—No —mi voz no es más que un suspiro, pero estoy decidida a resistir.

—No te niegues, sé que lo deseas tanto como yo.

Sí, es cierto, claro que es cierto.

—El tiempo se nos acaba, regálame esta noche.

Quiero decir que sí, de verdad lo quiero. Sin embargo, me juego la mejor carta de la baza.

—Si el destino quiere que estemos juntos, ya se encargará de que nos veamos de nuevo.

Tal es su desconcierto, que afloja el agarre que tiene sobre mi cintura, permitiéndome el espacio suficiente para escapar.

Camino en dirección la salida, en busca del primer taxi que me encuentre.

Si el destino quiere… fuertes palabras.

Ahora muero por saber qué es lo que nos tiene deparado.

Regla #4: La anticipación es el más grande estímulo. No se trata del destino, sino también de disfrutar del viaje.

Capítulo 4

Al llegar a casa los labios aún me hormiguean, la huella de su boca en la mía no se ha ido, ahí permanece. Y algo muy dentro me dice que así va a ser por un tiempo. Todo se ha desbalanceado y eso es lo que me ha hecho correr. No me gusta que el orden que prima en mi vida con tanto esfuerzo, se vea amenazado.

La parte racional de mi cerebro se pregunta si es por falta de con quien hacer la comparación. La sequía anda dura, por estos lares.

¿Qué esperaban? Vivo en un mundo de hombres. De hombres competitivos, para más inri. Todos ellos, incluidos mi padre, esperan que me rinda, que caiga, que decida no seguir adelante. Me han puesto mil trabas, todos los impedimentos, y ahí sigo, de pie, dando guerra. Algo que he aprendido es que, si quieres que te tomen en serio es que no puedes irte con tus colegas a la cama, por mucho que se te antoje, he escuchado rumores bastante desagradables y, francamente, prefiero que me digan que soy la emperatriz del Ártico, antes de ser el blanco de los cotilleos de la base entera. Sí, señoras y señores, cuando se lo proponen ustedes, los caballeros, son los más grandes chismosos del mundo.

Mi habitación está tal cual la dejé antes de salir, nada ha cambiado. Las mismas paredes, el cobertor sobre la cama, mi *tablet* sobre la mesita de noche. Todo está igual, pero ahora me resulta ajeno, como si le perteneciera a otra persona.

Tomo el cepillo y comienzo a desenredar los oscuros mechones de mi cabello con esmero —y tal vez mucha fuerza—, ojalá las ideas me entraran a medida que logro amansar los nudos.

Mi cuerpo está molesto y ansioso, a partes iguales. Las manos de Alec me dejaron temblorosa y excitada, con ganas de más.

Quiero.

Quiero.

Quiero.

Pero no puedo y tampoco debo.

Una vez más dejo que mi cerebro gane la pelea y las hormonas lo resienten, la carne clama, el deseo sigue ahí, ardiendo en el volcán, listo para hacer erupción y llevarse todo lo que encuentre a su paso.

Si tan sólo…

Esta situación me supera, necesito volver a mi mundo y retomar el control. Necesito volver a ser yo.

La teniente Jordania Bauer, llevando las riendas, la mujer que está acostumbrada a tener la sartén por el mango.

Sí.

Excelente idea, voy a tomar el vuelo de la mañana de regreso a Honolulu, al fin y al cabo, tengo mucho que hacer, recoger todas mis cosas y prepararme para mi nueva vida en la base de Coronado.

Reservo en el primer vuelo, que sale a las seis de la mañana del aeropuerto de Kauai, con suerte antes de que el reloj marque las siete estaré en Pearl Harbor-Hickam.

A medida que me acerco a la base siento que vuelvo a ser yo misma, que eso que sentía que se había ido, regresa, esa fuerza que siempre me ha mantenido entera, en una sola pieza. Creo que algunos dirán que es cordura, a mí me gusta llamarlo quintaescencia, el éter, el quinto elemento.

Sin darme tiempo a pensar mucho, de manera mecánica, comienzo a empacar cada una de mis cosas. Por suerte, a diferencia de otros oficiales, nunca fui amiga de traer grandes electrodomésticos a mis dependencias, tan sólo tengo lo básico. Cinco cajas y cuatro maletas más tarde, todo está acomodado y listo para ser transportado al aeropuerto. Cierro con cinta las cajas y con eso me despido de mi vida en Hawái, así de voluble es este negocio, hoy estás aquí, mañana puedes estar reportándote en cualquier otro lugar del mundo.

A pesar del cansancio, no duermo mucho, por lo que antes de las cinco de la mañana ya estoy lista para salir a la pista, ataviada en mi uniforme de diario, impecable como siempre.

Si digo que me sorprende encontrarme a mi padre a un lado de la pista, estaría diciendo mentiras.

—Buenos días, almirante —le saludo formalmente, como mi superior que es, levantando mi mano derecha.

—Hija —responde deteniendo mi andar, tomándome por el brazo—, he arreglado un alojamiento en la base para ti.

—Gracias, papá —digo, incapaz de mirarle a los ojos.

El cuerpo entero de mi padre está tenso, quiero pensar que es por la manera en que terminó nuestra pasada conversación.

—Eres mi única hija, Jordan —agrega en voz baja y firme, sin soltar mi codo—. Todo lo que quiero es tu felicidad, quien piense lo contrario está equivocado.

Sus palabras son como una bola de demolición que me pega justo en el abdomen, dejándome sin aire.

Robándome el aliento. Impidiendo que las palabras que se me atoran en la garganta salgan de mi boca.

—Gracias —logro contestar al fin.

En un gesto, que me toma totalmente fuera de foco, mi padre me abraza. Esto no es normal, mucho menos delante de tanta gente, porque a pesar de la hora, hay al menos treinta personas en la pista.

—Siempre he estado orgulloso de ti —susurra antes de abrazarme.

Me dejo hacer, la verdad lo necesitaba, se me escapan un par de lagrimones que quiero secar antes de que alguien se dé cuenta.

No me gusta mostrar mis emociones, de vez en cuando he tenido que matar mis sentimientos, actuando en defensa propia, claro.

Distraída, por la despedida de mi padre, subo las escalinatas y busco mi lugar, entonces un rostro que no esperaba ver me saluda dibujando una sonrisa de oreja a oreja.

—Teniente Bauer.

Mi boca se abre un par de veces, antes de poder responderle.

—Casper, ¿qué haces aquí?

—Sorpresa —responde sin dejar de sonreír.

—¿Vas a Coronado también?

—Se abrió una oportunidad, teniente, lo sabía hace varios días, estaba esperando un buen momento, luego te avisaron lo de tu traslado así que aquí estoy.

—Bueno, esta sí que ha sido una sorpresa —reconozco.

—¿Buena o mala?

—Por supuesto que buena —agrego—. Mi viaje a California no podría comenzar de una mejor manera. Y no sé por qué siento muy dentro de mí que estoy mintiendo.

—Me alegra que te guste, tengo muchas ideas, voy a alquilar un apartamento en la ciudad, tal vez en el centro, ahí podremos quedarnos cuando estemos francos, hay muchos lugares que ver, San Diego espera por nosotros.

Casper parlotea sin parar durante todo el vuelo, para cuando por fin aterrizamos, han pasado más de cinco horas y la cabeza comienza a darme vueltas.

—Teniente Bauer, espero que haya tenido un buen vuelo —exclama un uniformado de cabello oscuro acercándose a mí, saludándome con rigor—. Soy el contramaestre Hernández, el almirante Bauer me encargó que la llevara hasta su alojamiento, si es tan amable de seguirme.

Casper me mira sorprendido, opto por no darle mayores explicaciones, así que me encojo de hombros y sigo a mi guía.

—Ya se están haciendo cargo de su equipaje —me informa mientras salimos hacia el estacionamiento.

Tras un corto trayecto, llegamos hasta un edificio que bien podría pasar por un hotel de reciente construcción, sé que acaban de construir estos alojamientos y se invirtió una buena cantidad de dinero, a primera vista parece que fue una decisión bastante acertada, hace un tiempo las barracas no daban más que vergüenza.

Tres horas más tarde, he desempacado todas mis cosas y estoy colgando el último de mis vestidos en el vestidor. Tocan a la puerta y estoy casi segura que es Casper, que no debe haber tardado más de media hora en dar conmigo.

—Teniente Bauer —dice un marinero que espera en el umbral—. Esto es para usted.

Me entrega un sobre membretado y marcado con mi nombre, tras el saludo protocolario, se aleja por el corredor.

Me esperaba esto, son las instrucciones que debo seguir, mañana en la mañana comenzaremos con el entrenamiento y todo lo que eso conlleva.

Estoy emocionada, pero también muy inquieta, aunque no me guste, debo admitir que me aterra lo desconocido. Pero estoy lista para el reto.

Busco en el mapa de la base el supermercado y me apuro en hacer algunas compras, aquí no tengo ni cereal para cenar y francamente, la idea de ir al comedor no se me antoja en lo más mínimo.

Por supuesto, Casper, me ha llamado al menos media docena de veces, insistiendo en que debemos salir por ahí y familiarizarnos con el lugar, pero estoy cansada y sin ganas de ver gente. Ahora mismo quiero quedarme aquí, acostada en mi nueva cama, deseando que él —Alec Houston—, esté aquí conmigo, terminando lo que comenzamos en Kauai.

§§§

Martes. Siete de la mañana, estoy frente al espejo de cuerpo entero, bajándome la combinación de seda que usualmente llevo bajo el uniforme, me gusta la ropa interior bonita, encajes, sedas, estampados. ¿Qué? Soy un oficial de la armada, pero no por eso dejo de ser mujer y, bajo el uniforme, se esconde mi verdadera esencia.

En el memorándum que recibí nos ordenaban asistir con el uniforme de servicio diario, así que he elegido el caqui, que resulta mucho más práctico que el blanco que, dicho sea de paso, se ensucia con cualquier cosa.

Tras tomar mi maletín con todo lo necesario para el día y mi taza de café, me dirijo al edificio E4, en el que estaré llevando a cabo mi capacitación.

Al entrar en la sala, me encuentro con un par de oficiales, que al igual que yo, han decidido llegar temprano. No me sorprende darme cuenta que son un poco mayores que yo, Anderson y Thomson aparentan ser buenos tipos, la camaradería es instantánea.

A Thomson lo recuerdo vagamente de la academia, creo que cuando yo estaba en primer año, él ya estaba por graduarse. Anderson es un empollón, importado directamente de la facultad de ciencias políticas de Georgetown.

—¿Estabas comprometida con Sanders? —Comenta Thomson—. ¿Cómo está él? Hace años que no lo veo.

—Nunca llegamos al altar, así que no tengo idea, también tengo mucho sin verlo.

Al hombre se le van los colores del rostro, claramente avergonzado por su metedura de pata.

—No pasa nada, teniente —agrego, tratando de quitarle hierro al asunto, porque la verdad no quiero ahondar en esa parte tan desagradable de mi pasado—. Es mejor antes de la boda que después de ella, no fui ni la primera ni la última en romper el compromiso.

Afortunadamente, Anderson cambia la conversación a un tema mucho más ligero, comenzamos a hablar sobre nuestras experiencias en la flota y las giras en las que hemos participado. Estoy en mi elemento.

En menos de diez minutos debe llegar nuestro instructor y las sillas, que habían permanecido vacías, empiezan a llenarse.

Somos doce en total, diez hombres y dos mujeres. Mi compañera es una chica rubia, que llega acompañada de otros dos oficiales y que, tras saludar, se sienta al otro lado de la larga mesa de juntas.

—Buenos días, oficiales —saluda nuestro instructor al entrar en el saloncito, todos nos ponemos en pie para saludarle como es debido—. Soy el capitán Trujillo.

El capitán comienza a explicarnos de qué se trata la asignatura, la información que recibimos debe ser tratada con suma discreción, pero en pocas palabras, puedo decirles que aprenderemos a lo necesario para comandar un destructor, una fragata o un pequeño submarino. Ninguna de esas cosas me encanta, pero es necesario saberlo para poder ascender, como marinos debemos estar preparados. Siempre.

Tras algo más de cinco horas de clase, terminamos con la sesión, salimos a comer algo ligero, porque esta tarde nos espera una dosis igual de intensa.

Los días se pasan volando, apenas si he tenido algo de tiempo para salir en mi bicicleta a hacer un poco de ejercicio. Hoy tuvimos nuestro primer test, y estamos agotados. Entre todos, acordamos en ir al comedor de oficiales a celebrar que hemos sobrevivido, a duras penas.

He hecho ya algunos amigos, Amanda Cashman, la otra oficial con quien estoy llevando el entrenamiento es simpática, pero bastante callada. Así que, en la mayoría de los casos, me encuentro llevando el peso de la conversación con el resto del grupo.

—¿Qué planes tienes para esta tarde? —Me pregunta Kevin Levitt, uno de mis compañeros.

—Creo que iré a buscarme un coche, si quiero salir de la base, lo mejor es que me compre algo.

—¿Tienes algo en mente?

—Un híbrido, me vendría bien —reconozco—. Aunque conociéndome, terminaré comprando un todo terreno.

Por supuesto, coches, el tema favorito de los hombres, enseguida comienzan a darme consejos, opiniones y demás. Sin hacerles mucho caso, me despido de ellos, dispuesta a volver a mi casa para cambiarme de ropa, tengo que ponerme al día con mis cosas, la carga académica es agobiante, por lo que hay que aprovechar bien el tiempo.

Mi teléfono suena y por supuesto que es Casper, insistiendo en que él puede hacerse cargo de llevarme a dónde sea que necesite ir.

Es mi amigo y lo quiero mucho, pero me ahoga que quiera ir conmigo a todas partes, no somos siameses.

Independencia es mi segundo nombre, de esa manera me criaron y es complicadísimo cambiar las viejas costumbres.

—¿Sabes? —Dice, cambiando el tema—. Eres la sensación de la base entera, todo mundo está hablando de ti, Jordi, haz hecho una gran entrada, ya están circulando rumores sobre la fantástica y atractiva hija del almirante Bauer.

—No me jodas, ¿que ya todo el mundo habla de mí? Pero si acabo de llegar —protesto.

No han pasado más que unos cuantos días.

—El mundo es un pañuelo, Jordi, bien lo sabes —responde—. Y como yo soy tu mejor amigo, les he dicho que eres la mejor oficial que conozco, siempre profesional, siempre prudente, que si quieren algo contigo están perdiendo el tiempo.

Maldita sea, aquí vamos otra vez.

¡Chismes!

Le agradezco a Casper su gesto y termino la conversación con un mal sabor de boca y hasta algo malgeniada. Sin embargo, nada me podía preparar para lo que estaba por venir.

—Tal parece que el destino se empeña en juntarnos —susurra una voz grave en mi oído.

Me doy la vuelta, sorprendida, para encontrármelo ahí, sonriendo vestido con la versión masculina de un uniforme igual al mío.

—Buenas tardes, teniente Bauer —dice al darle un repaso a las insignias que penden de mi uniforme.

Cuento las barras que lleva sobre los hombros y casi me mareo.

Juro que el piso se mueve.

¡Terremoto!

—Comandante… —logro decir cuando el aire vuelve a mis pulmones.

—Qué sorpresa —agrega en tono de burla—. ¿Verdad?

Ni qué lo diga.

Definitivamente, no estaba preparada para esto.

Regla #5: Dale espacio suficiente para que crea que tiene el control, no la agobies, espera el momento justo y entonces, sólo entonces, se implacable.

Capítulo 5

—Entonces, teniente, ¿es que no te alegras de verme?

—Comandante... —vuelvo a repetir como una idiota, parece que esa es la única palabra que logro articular.

—¿Volvemos al comedor? Parece que la sorpresa te ha dejado muda —replica riéndose, de mí, por supuesto—. O si quieres podemos caminar un rato.

—¿Por qué querría yo hacer alguna de las dos cosas? —Por fin consigo hilar una frase coherente.

Gracias a Dios.

—El destino, ¿recuerdas? —Insiste—. No hagas esa cara, Ania, fuiste tú quien lanzó el reto.

—Eso fue estúpido de mi parte —reconozco.

—Y, aun así, se empeña en reunirnos.

—Bueno, comandante... —comienzo y él me corta con un gesto de mano.

—¿Por qué me llamas así? —Pregunta mirándome fijamente a los ojos—. En Kauai era simplemente Alec, me gustó entonces y me sigue gustando escuchar mi nombre de tus labios.

—Entonces no sabía que eras mi superior, si lo hubiera sabido...

—Si lo hubieras sabido, ¿qué?

—Las cosas no hubieran llegado tan lejos entre nosotros.

—Soy un hombre soltero, no veo qué pueda tener eso de malo, ¿acaso la casada eres tú?

—Por supuesto que no —contesto indignada, porque es cierto. Jamás le hubiera permitido ponerme la mano encima si estuviera comprometida con otra persona.

En ese momento abren la puerta del restaurante y Anderson sale, saludando primero con la mano.

—Nos vemos mañana, Jordan —exclama al despedirse.

Alec, perdón, el comandante Houston, me mira con el ceño fruncido y no tengo ni la menor idea de la razón.

—¿Eres Jordan Bauer? —Pregunta y no espera respuesta—. Hoy todo el mundo habla de ti, francamente, pensé que se trataba de otra persona.

—Mi nombre es Jordania Bauer, comandante. *Usted* debe saber quién es mi padre. —He usado el tono formal a propósito, es momento de comenzar a marcar distancias. Yo hablo y él asiente—. Él se quedó esperando un hijo varón, que llevara su nombre y su legado, así que…

—Te queda —dice.

—Ese no es el caso —replico y él levanta las cejas en respuesta—. Estamos aquí, en la base, donde los rumores corren más que el viento, nunca me ha gustado estar en boca de nadie y no voy a echarle más leña al fuego saliendo contigo.

—Yo no te he invitado a salir —agrega con una sonrisa burlona en los labios—. Y siendo justos, ya todo el mundo habla de ti o al menos, eso he escuchado.

Maldito arrogante.

¿Por qué tendrá que verse tan bien en ese condenado uniforme?

—Bueno —respondo mientras los colores se me suben al rostro, él tiene un punto justo aquí—, mejor todavía. Ha sido un gusto saludarle, *comandante*, ahora si me disculpa tengo asuntos que poner al día.

Me despido, como lo manda el protocolo, al fin y al cabo —y aunque no me haga ni poquita gracia, así están las cosas—. Entonces él me toma del brazo y muy, muy despacito, murmura en mi oído, provocándome un escalofrío.

—Huye, Jordania. —Mi nombre suena en sus labios como una bendición—. Eso sólo lo va a hacer más interesante.

Ahora ha sido él quien ha dicho la última palabra y no me gusta ni un poco.

Control, Jordania, me tengo que recordar a cada paso que doy en dirección a mi alojamiento.

Control, que buena falta me hace.

§§§

Varias horas más tarde, cuando ya comienza a oscurecer, y habiendo lidiado con un vendedor bastante insistente, subo al puente que conduce a la base a bordo de mi flamante y nuevo coche. No es el híbrido que pensaba comprarme, pero reconozco que la elección ha sido buena, al menos no he dejado el concesionario con un convertible rojo.

Sonrío, observando mi alrededor, disfrutando del olor a nuevo, por dentro es tan cómodo como un automóvil de última generación y por fuera tiene las ventajas de un todo terreno. Lo mejor de ambos mundos.

Al llegar al estacionamiento, tomo mis cosas, bajo del coche, satisfecha conmigo misma activo la alarma y me dirijo a la entrada del edificio en el que se ubica mi nuevo hogar, temporal, pero hogar, al fin y al cabo. No puedo evitar estar de buen humor, complacida con el resultado de mi excursión, hasta que la visión de cierta figura masculina, envuelta en unos jeans gastados y una camiseta oscura, me detiene en seco.

—Vaya —dice al percatarse que me acerco a él, mirando el reloj que lleva en su muñeca izquierda—. Sí que has tardado bastante.

—De haber sabido que me estabas esperando habría tardado aún más —mi réplica ha sido mordaz, no va en uniforme y yo tampoco, así que puedo decirle lo que se me venga en gana.

—Vamos a cenar. Tengo hambre.

Bueno y este, ¿qué se ha creído? Yo no soy uno de los recién enlistados que seguramente tendrá a su cargo.

—Buen provecho —respondo—. Yo tengo asuntos que atender.

—Jordania, no me provoques —me advierte acercándose a mí.

A duras penas lo esquivo, mientras busco las llaves para abrir la puerta y huir a la seguridad del edificio.

—Eso es precisamente lo que intento evitar, buenas noches, comandante.

Cierro la puerta a mi espalda en un gesto bastante teatral, para mi mala suerte, más tardo en dar un par de pasos que él en alcanzarme.

No me arriesgo a esperar que llegue el ascensor, así que me dirijo a las escaleras, mi estudio está en el tercer piso, así que no son muchos tramos los que debo subir.

—Deja de seguirme —chillo al ver que viene detrás de mí.

—Da la casualidad que aquí vivo —replica.

Jodida estoy.

—Pues vete a tu casa o a cenar, ¿no dijiste que estabas hambriento?

—En efecto —reconoce—. Lo sigo estando.

Y es entonces, que el mundo, mi mundo, se pone patas para arriba.

¿Va a besarme?

En mi cabeza saltan tres palabras: ¡Sí, por favor!

Pero equivocada estaba, esto no es un beso, es un asalto en toda regla. Uno que, debo admitir, ansiaba desvergonzadamente. Mis defensas caen ante el ataque, que barre con ellas, mientras sus brazos buscan mi cintura y me pegan a la dureza de su cuerpo, atrapándome contra la pared.

Soy una polilla que ha caído bajo el hechizo de la llama, incapaz de resistirme. Una parte de mí, la que conoce el poder destructor del fuego, me urge a alejarme, a protegerme, pero soy incapaz de huir, todo lo que saben hacer mis manos es apretarse en sus hombros, hundiendo mis uñas en sus duros músculos.

Me encanta escuchar sus gruñidos, mientras su lengua busca rozarse con la mía, deleitándose con mi sabor.

Como el hierro al rojo vivo, el calor de nuestros cuerpos provoca chispas que crepitan por donde me toca. Quiero que desaparezca el estorbo de la ropa, para poder sentir su piel acariciando la mía.

Una mano baja por mi cuello, le siguen sus labios, que buscan el escote de mi blusa.

—No, Alec... —una protesta sale de mi boca, tan débiles como están ahora mis rodillas, que son incapaces de mantenerme en pie—. No debemos.

—Invítame a tu casa, Jordania —insiste—. O mejor, ven tú a la mía.

Sus palabras rompen el hechizo, yo no soy el juguetito de nadie. No soy un cuerpo caliente para joder y dejar.

Como puedo me lo quito de encima, él me mira con una expresión inescrutable, mientras sus ojos se centran en mi pecho aún desnudo.

—¿Por qué te empeñas en negar lo que hay entre nosotros?

—Entre nosotros no hay nada —contesto.

Ni lo va a haber nunca.

—Te gusto y bien lo sabes —agrega con arrogancia.

—¡No! —Grito más fuerte de lo que esperaba—No me gustas.

Alec levanta las cejas antes de contestar—: ¿Entonces haces esto con cualquiera que intente acercarse a ti?

Imbécil, que ganas de tirarle los dientes de un guantazo.

—Por supuesto que no —alego—. No soy una zorra, ¿cómo te atreves a insultarme?

—No te estaba insultando, mil perdones —responde—. Más bien estaba dejando claro mi punto. ¿A qué le temes, Jordania?

—Yo no le tengo miedo a nada —me apuro en contestar.

—Entonces ven a cenar conmigo —repite, obstinado.

Suspiro, mi voluntad está a punto de flaquear.

Sin embargo…

—Lo siento, tengo deberes para mañana, acabo de comenzar instrucción para un ascenso y debo empeñarme en que todo salga bien, al final no quiero conseguirlo sólo por ser hija de quien soy.

Una sonrisa se dibuja en sus labios, parece bastante contento con mi respuesta.

—Bueno, preciosa. Estás de suerte, ya pasé por ahí, puedo ayudarte, si me lo permites.

—Ve a cenar, dijiste que tenías hambre.

Cualquier argumento es bueno con tal de que me deje tranquila.

—¿Qué te parece si voy por comida china mientras tú te preparas? Dime cuál es tu apartamento y nos vemos ahí en media hora.

Insistente.

Persistente.

Más terco que yo.

¿Por qué me tendrá que resultar tan atractivo? Esto está condenado al fracaso y no ha empezado siquiera. A mi mente viene la imagen borrosa de un hombrecito manso, tranquillo, manipulable. ¿Qué haría yo con un hombre así? A los cinco minutos estaría aburrida, sin duda alguna.

Pienso en decirle que no, pero tengo muchas ganas de aceptar, ¿qué tan problemático puede ser? Nadie se enteraría, él dice que vive en este mismo edificio y, además, un poco de ayuda no me vendría mal. Tengo que sacar algunas cuentas del personal, los gastos operativos, el trabajo no es para mañana, sin embargo, la ayuda no me vendría mal.

—¿Pollo *Kung Pao*? —Pregunta, sabiendo que estoy a punto de aceptar.

—Vivo en el tres cero seis.

Dejándolo ahí, saboreando su triunfo, subo el tramo que me resta de las escaleras y me encamino a mi pequeño apartamento.

Esta va a ser una noche interesante, sin duda alguna lo será.

¿Estaré a la atura de las circunstancias?

Más me vale que sí.

Por mi propio bien debo estarlo.

Regla #6: Si quieres ser bien recibido, entonces presta atención a los detalles. Hazla sentir importante, el centro de tu mundo.

Capítulo 6

Tengo que bajarme la temperatura, me urge algo que apague, o al menos amaine, este calor que me consume y no me deja respirar.

Lo primero que se me viene a la mente es una ducha de agua fría, corro al baño, dejando un desordenado rastro de ropa tras de mí. En cuanto el agua toca mi piel recalentada vuelven los recuerdos, nuestro primer encuentro en la cascada, la intensidad de su mirada, la sensación de sus manos tocándome por todas partes. Me siento como una idiota, una idiota que no es capaz de resistirse a la urgencia, a las ganas.

Alec es del tipo de hombre que podría acabar conmigo de un plumazo, podría hacerme daño, mucho daño, y no estoy hablando de sólo físicamente.

Tengo que ser precavida, caminar con pies de plomo, aunque no tenga idea de cómo hacerlo. Era mucho más fácil cuando podía mantener mis defensas altas e impedir que alguien se acercara lo suficiente. ¿Qué diablos me pasa con él?

¿Por qué no puedo resistirme?

Una prueba, pienso, mientras sigo enjabonándome. Eso es, todo esto es una maldita prueba. Si he podido con un escuadrón de marinos cargados de testosterona, ¿por qué esto sería diferente?

Pude con eso y también lo haré con esto.

Sí, damas y caballeros, Alec Houston será muy pronto una prueba superada.

Busco entre mis cajones por la prenda más recatada, a punto estoy de ponerme mi uniforme, en esas llaman a la puerta y agarro lo primero que se me atraviesa, un vestido largo, estampado y sin mangas.

Al volver a la sala de mi apartamento —mejor dicho, de mi cajita de fósforos—, me quedo parada en seco al percatarme de que no hay más que un par de bancos altos al pie de la barra del desayunador.

¿Dónde se supone que nos vamos a sentar a cenar?

Un nuevo golpe en la puerta resuena, parece ser que la paciencia no es el fuerte del comandante H. Abro, para encontrármelo ahí, haciendo equilibrios con dos bolsas de papel y una botella de té helado.

—Houston, tenemos un problema —le digo en cuanto ponemos los paquetes sobre la barra de la cocina.

—El único problema aquí es que tú no quieres darme lo que yo quiero —responde inclinándose hacia mí para robarme un beso.

Como puedo lo evito e ignoro su comentario, aunque no es cosa de que no quiera, es que no puedo.

—Mi casa está vacía. —Por fortuna, su atención se centra en el apartamento y no en mí.

Bueno, al menos momentáneamente.

—Siempre podemos irnos a la cama —agrega con un brillo pícaro en los ojos.

—¡Claro que no!

—¿Me tienes miedo, Jordania? —Está cerca, muy cerca. Tal vez demasiado.

—No —chillo—. Odio las migajas de comida entre las sábanas.

No sé de dónde he sacado esa, pero como excusa me funciona perfectamente.

—Tendremos que conformarnos con estos bancos o el suelo.

Al ver las baldosas frías del piso, me recorre un escalofrío, están perfectamente limpias, sin embargo...

—Definitivamente mejor las bancas.

Pronto, el coqueteo es reemplazado por hojas y hojas de meticuloso trabajo. Alec es un excelente maestro, paciente y dedicado.

—Mira, un destructor como el Benfold, tiene más de doscientos enlistados, más los contramaestres y los oficiales designados, lo que suma al menos trescientas personas a bordo —explica echándole una hojeada a los papeles que tiene en la mano—. Para los suministros, debes tener en cuenta el número de personas que llevas a bordo, los días que va a durar la misión, los puertos en los que van a hacer escalas, no puedes quedarte sin comida. El personal que tengas a cargo es lo que mantiene a flote el barco, su comodidad es lo primero que debes tener en mente. Comida y combustible son tus primeras dos prioridades.

—Combustible y comida. —Es más fácil decirlo que hacerlo.

—Confía en el personal y en sus habilidades, delega todo lo que puedas o te vas a volver loca, recuerda que hasta el mejor comandante tiene sus límites y vas a tener que ayudarte con tus subalternos. Marca tu paso desde el primer día, impón tu sello, Jordania, no te dejes avasallar.

—No he llegado a ese punto y creo que ya lo estoy, son demasiadas cosas.

—Estoy seguro de que vas a poder con el reto.

—Al parecer tienes más confianza que yo.

Alec pasa por alto mi comentario y volvemos al tema que nos ocupa.

El destructor del que estamos hablando es un barco de la clase Arleigh Burke, una pequeña mole de acero que mide más de ciento cincuenta metros de largo y veinte de ancho, que lleno a su máxima capacidad pesa más de nueve mil toneladas. Además, está equipado para lanzar misiles y armamento de ataque anti aéreo, así como armamento anti ataque submarino.

Es una maravilla de la ingeniería. Esto es lo que me gusta, aprender cada letra sobre lo que tenemos actualmente y ver la manera de mejorarlo. Las innovaciones, todos los avances, todo lo que ayude a mantener nuestro personal a salvo y al país seguro.

—¿Van a participar en el Koa Kai? —Pregunta después de un rato.

Se trata de un evento semi-anual que se lleva a cabo en Hawái y, cuyo principal objetivo, es llevar a la práctica todo lo que aprendemos en los entrenamientos. Participan muchos barcos de la flota, el ambiente se carga de emoción, porque, aunque no sea oficial, todo el mundo compite por ser el mejor.

—No tengo idea, ¿no es muy pronto?

—No he escuchado nada al respecto —admite—. Después de estar varios meses de gira, mi idea era quedarme en tierra de manera permanente, pero nunca se sabe, todavía no me han reubicado.

—¿Cuál es tu plan? —Pregunto, mi interés es de verdad genuino.

—Quedarme en tierra, los años pasan y no me estoy haciendo más joven. Mi abuela vive aquí y la veo poquísimo, es una pena, pues ella es lo único que me queda.

—Vaya —digo en un suspiro, mi padre es toda mi familia, no tengo idea si él ha pensado quedarse sólo en un lugar para estar conmigo.

—Ha llegado el momento de sentar cabeza —admite mirando hacia la pared—. Acabo de comprar una casa aquí en San Diego, en el centro.

No tengo idea de qué contestar, ¿cómo se responde a eso?

—Me gustaría que fueras conmigo, sobre todo porque no tengo la menor idea de qué ponerle dentro.

Ese comentario me hace reír, como asesora de decoración puedo morirme de hambre.

—No creo ser la persona idónea para eso, ¿por qué no le pides ayuda a tu abuela? Ella te conoce bien, debe saber lo que te gusta.

—Mi abuela sufre de Alzhaimer, tiene una calidad de vida muy limitada —agrega con gran pesar—. Me gustaría que fueras tú.

—Alec, mira a tu alrededor, yo no tengo idea de esas cosas.

—He vuelto a ser Alec —se ríe—. Vamos por buen camino.

—Ese no es el punto —alego.

—Pero sí sabes lo que me gusta. —No ha terminado la frase y ya estoy atrapada entre sus brazos y el frío mármol de la encimera—. Una morena de ojos oscuros, terca y respondona.

—No puedes decorar tu casa sólo basándote en esa información.

—Claro que puedo —replica en tono juguetón, buscando con su boca mi cuello—. Un par de fotos tuyas en cada pared.

—No sería capaz de entrar en tu casa ni una sola vez.

—Esa sí que sería una lástima —concluye, besando mi piel, haciéndome estremecer. Vibrar con su toque.

—Es tarde, Alec, tenemos que terminar, todavía nos hace falta hacer los cálculos de ruta, son tantos números que creo que me voy a volver loca.

—Confía en ti misma, Jordania, si quieres que tu personal a cargo te crea, tienes que comenzar por creer en los planes que has trazado.

—¿Y los imprevistos? —Pregunto.

—Esos siempre se van a presentar, pero si has evaluado los riesgos y calibrado las opciones, las probabilidades siempre van a estar a tu favor.

Volvemos a las cifras, las hojas de cálculo y los esquemas, sin embargo, la tensión, ese hilo que tira de mí hacia él sigue ahí. Acortando la distancia, acercándome, impidiéndome escapar a un lugar seguro.

—Sabes que voy a querer algo a cambio de todo esto, ¿verdad?

Ya sabía yo, tanta belleza no podía ser cierta.

—No estás jugando limpio —le reprendo.

—Dicen por ahí que en la guerra todo se vale —alega.

Sí, y también en el amor. Aunque esto que hay entre nosotros, estoy segura no se trata de eso.

—Me dejas con muy pocas opciones, Jordania.

—¿Se puede saber qué es lo que vas a querer?

Alec levanta las cejas ante mi tono cortante.

—Sal conmigo, deja que te lleve a un lugar bonito.

—Ya hemos pasado por ahí.

¿Cómo olvidar esa noche?

—Sal conmigo —insiste.

—Yo no salgo con colegas, mucho menos con superiores.

—No eres mi subordinada, tampoco soy tu comandante.

—Da igual, esas son mis reglas.

Veo muchas cosas reflejarse en sus ojos, comenzando por el recuerdo de lo que pasó en las escaleras.

—Las reglas se hicieron para romperse, preciosa.

—Las mías no —replico.

—Sal conmigo, Jordania, me lo debes.

—¡No te debo nada!

—No me digas que eres una cobarde, ¿qué es lo que te da tanto miedo?

—Que no le tengo miedo a nada. —Mi voz va subiendo de tono, su insistencia me está comenzando a exasperar.

—Entonces sal conmigo.

Y dale, es terco, cabezota, porfiado.

—Sal conmigo el viernes, Jordania. —Aquí vamos otra vez.

—Está bien —respondo, harta de su insistencia—. Vamos a salir el viernes.

Y de repente, me parece que falta una eternidad para volverlo a ver.

—Te recojo a las siete —dice acariciando mi cabello, atrapándome en el calor de sus ojos color miel.

Incapaz de pronunciar ni media palabra, asiento, hechizada por su presencia, por la fuerza que emerge de su piel, de su valor.

—Tengo que irme. —Claro, como todos, ya consiguió lo que quería, ahora se larga.

Cierra su ordenador y lo pone dentro del compartimiento de su maletín de piel negra.

Me levanto para acompañarle hasta la puerta, él no desaprovecha la oportunidad para atraparme, acercándome a su cuerpo.

Lo agarro por los antebrazos, queriendo apartarlo, pero pronto me encuentro acariciándolo, disfrutando de estar así, simplemente gozando de su cercanía.

—Nos vemos mañana para cenar, ¿sushi te parece bien?

—Dice plantando una serie de besos por mi barbilla.

—Mañana no es viernes, Alec —respondo casi sin aliento.

—Acabo de decidir que me gusta comer contigo.

Dicho esto, me da un beso seco en los labios y se marcha, dejándome aquí, sola y temblorosa.

Ansiosa y queriendo más.

Maldito hombre, sabe bien lo que está haciendo conmigo.

Regla #7: No tengas miedo a jugar sucio, cambia de táctica, pero jamás engañes. Un buen contrincante es aquel que siempre tiene las manos limpias.

Capítulo 7

En cuanto Alec se marcha, reviso todos los cerrojos. No, no los de la puerta, este lugar es bastante seguro, lo único que estoy en peligro de perder es la razón, y de paso la compostura.

El primer cerrojo, el que protege mis motivos, sigue en su lugar, firmemente cerrado. El segundo, el que protege mi confianza, comienza a ceder, soy una maldita crédula. Por último, los guardianes que resguardan mi corazón parecen haberse ido de paseo, tal vez el par de vagos ha decidido quedarse vacacionando en las playas de Hawái.

Jodida, estoy jodida.

Y no en la forma en la que me gustaría.

Por supuesto que mientras estoy acostada en mi cama, mirando el techo blanco de mi habitación, me repito una y otra vez que ese hombre debe tener cafeína corriendo por sus venas. No logro que Morfeo me venga a visitar, así que me entretengo haciendo una lista con todas las razones por las que debo mantenerme firme y no caer presa de la seducción del comandante Houston.

La primera y la más importante de todas, es el peligro que corro de entregarle más de lo que estoy dispuesta a dar.

La segunda, que seguramente, aunque él haya dicho que ha llegado el momento de sentar cabeza, seguramente, se buscará una mujercita virtuosa, de esas que no se alebrestan por nada y que saben cocinar, planchar, peinar como en Pinterest y además siempre están arregladitas e impecables.

No, yo no soy así. Soy peleonera, gritona, terca y hasta un poco marimacha, si me apuras. Sé manejar un pelotón de hombres con toda eficiencia, pero no tengo la mejor idea de cómo llevar una casa, atender a los niños y todas esas cosas. Material de madre, cero por ciento.

Entonces, ¿por qué después de repetirme una y otra vez que no hay futuro, que no es posible, el hombre sigue colado en cada uno de mis pensamientos?

Lo tengo, es la intriga de la novedad. En cuanto me harte de verlo, me va a ser tan indiferente como el mástil de la bandera que se encuentra en el jardín del edificio.

Además, Alec es tan tenaz como yo, demasiado persuasivo, hábil como un zorro e igual de escurridizo. Si estuviera enamorándome de él, no sería capaz de encontrarle ningún defecto, ¿o sí?

Lógica, Jordania, usa la lógica.

Alimento la caldera de la rabia, del enojo, recordándome todos los momentos duros que atravesé en el pasado, los celos, las escenas y hasta el único golpe que se atrevió a darme.

Dicho sea de paso, por supuesto que no le hubiera permitido más que eso.

Si un idiota como Glenn Sanders fue capaz de hacerme tanto daño, un hombre como Alec me destrozaría.

Para el momento que amanece, me siento casi veinte años más vieja. Como puedo, escondo las ojeras bajo capas de maquillaje y me preparo para las labores del día.

—Este fin de semana nos vamos de copas —grita Anderson nada más verme llegar—. ¿Te anotas, Bauer?

Tal vez esto sea lo que necesito, que me dé aire. Salir con otra gente, divertirme.

—No puedes decir que no —insisten los otros.

—Estoy dentro —les aseguro—. ¿A qué hora y en dónde?

—Hay un lugar en la calle India que conocemos bien, los tragos no son baratos y el ambiente es genial —nos vemos ahí el sábado a las nueve.

—Ya rugiste, león, nos vemos el sábado en la noche.

Nuestro instructor llega y se acaba la hora del recreo, toca ponerse serios, que tenemos bastante trabajo pendiente.

Tras discutir todo el día sobre costos, rutas, combustibles, consumibles y demás, estoy hecha polvo.

Aparte, nuestro instructor nos acaba de avisar que comenzaremos con algunas prácticas de campo en las instalaciones que la armada tiene al norte del condado.

He pasado tan ocupada todo el día que apenas he tenido tiempo de pensar en cómo voy a lidiar con otra cena con Alec. Al menos tengo la excusa del trabajo, porque tengo bastante que hacer y, seguramente, él también tendrá que ponerse al día con otro tanto.

§§§

Para cuando llego a mi apartamento, Alec ya está ahí, esperándome vestido como parece ser su costumbre, jeans gastados y camiseta, en los pies unas botas de senderismo, que ya vieron mejores tiempos.

—Llegas temprano —le digo a modo de saludo.

Él se encoje de hombros y levanta la bolsa de papel con unas letras japonesas rojas que lleva en la mano izquierda.

—El hambre apremia —afirma, pero en sus ojos veo que no se refiere sólo a la comida.

Busco entre mi bolso las llaves para abrir la puerta, pero antes de poder hacerlo, un brazo me atrapa, obligándome a apretarme contra él. Todo él.

La bolsa cae al piso y me dejo llevar por el momento, por lo que siento, por la ansiedad de lo que quiero.

—¿Quieres que te bese, Jordania?

En respuesta, me humedezco los labios, ya secos.

—Todavía no estás lista para que lo haga —susurra, su aliento acariciando mi oído, poniéndome la piel de gallina—. ¿Has pensado en mí? Yo llevo todo el día duro, imaginando lo que será estar en el paraíso que escondes entre tus piernas.

—Alec —quiero reprenderlo, pero de mi boca sólo sale un suave quejido.

En gesto de inesperada ternura él acaricia mi rostro con sumo cuidado, desde el nacimiento de mi cabello, las cejas —que delinea con los dedos—, mis mejillas, hasta que la yema de su dedo índice toca mis labios.

Estoy viviendo uno de los momentos más sensuales de mi vida, en pleno corredor, donde cualquiera puede vernos, con la ropa puesta y lo que es peor, no me importa en lo más mínimo.

No puedo dejar de ser yo, rebelde y atrevida, muerdo su dedo suavemente y luego le paso la lengua, despacio, muy despacio.

Él gruñe en respuesta, misión cumplida. Sonrío, satisfecha conmigo misma, si él puede derribar mis muros, entonces yo también iré en contra de sus defensas. Además, dicen que la mejor defensa es un buen ataque.

Donde las dan, las toman.

Minutos después, entramos en el apartamento y lo dejo solo en la cocina, haciéndose cargo de la comida. Necesito una ducha con urgencia, el uniforme me pica, quiero dejar de lado las tensiones del día, de lo contrario, en un rato no voy a servir para mucho. Y, aunque desee concentrarme en el hombre que me espera, tengo trabajo pendiente, estoy segura que él también.

Creo que comienzo a acostumbrarme a la forma que tiene Alec de tratarme, con pesar debo admitir que, si no intentara meterse conmigo, hasta lo extrañaría. Nuestros coqueteos —y toqueteos— son bastante divertidos. La atmosfera siempre está cargada de tensión, de electricidad. Es emocionante.

Es como tener siempre la piel de gallina, así mismo.

—Estaba pensando —dice mientras damos buena cuenta del sushi—. ¿Qué te parece si el fin de semana nos subimos a la moto y cruzamos la frontera? Conozco un resort al sur de Tijuana, en la Baja, que seguro te va a gustar, es hermoso, tranquilo y en esta época del año no está atestado de turistas.

Por suerte ya había pasado lo que tenía en la boca o corría el riesgo de ahogarme con un camarón.

¿Este qué se cree, no habrá escuchado alguna vez la expresión que dice paso a paso?

—Lo siento —le digo—. Yo tengo planes para el sábado, casi me obligaste a prometerte que saldría contigo el viernes, pero hasta ahí quedamos, una cita, una noche. Punto.

—Yo no te obligué a salir conmigo, fui persuasivo que es distinto.

—A mí me parece que es la misma cosa. —Volvamos al punto—. No tengo ningún compromiso contigo, tenemos una cita y te voy a cumplir, pero el sábado yo tengo otros planes.

—¿Ah sí? —Pregunta levantando una ceja.

Bueno, si no le gusta, estoy más que lista para echarle leña al fuego.

—Así como lo ves, el sábado, mis compañeros de curso y yo nos vamos a ir de copas por ahí, dijeron que conocen un lugar en la calle India que sirve buenos tragos y el ambiente es genial.

Para terminarle de agregar sazón al asunto, me obligo a aparentar estar más animada de lo que realmente estoy.

—Dime a qué hora van a ir, yo te llevo —se ofrece.

—Claro que no —replico, no necesito una escolta—, son mis compañeros, mi tiempo y si digo que voy sola es porque voy sola.

—Jordania, acabas de llegar a la ciudad, no conoces a nadie y no sabes moverte muy bien todavía. Si se van de copas, ¿quién te va a traer de vuelta a casa?

—Existen unos vehículos amarillos que se llaman taxis, por si no te has enterado, además, puedo pedir un Uber desde mi celular, deja la *neura*.

—Jordania, yo te llevo, ¿a qué hora quieres que pase por ti?

Creo que se está pasando tres pueblos, no es mi padre, ni mi hermano, mucho menos mi novio para venirme con escenitas. De eso ya tuve bastante por esta vida.

—Mira, idiota —aquí vamos subiendo el volumen, porque me estoy desesperando—, en ningún momento te he cedido mi voluntad y mucho menos mi libertad, voy a salir con mis colegas y punto.

—¿Y con quién vas a regresar a casa? —Pregunta levantando la voz.

—Si puedo regresar en una pieza del golfo Pérsico, con mucha más razón de una inocente salida con amigos.

—De inocente no tiene nada —refunfuña—. Dime, ¿quién te va a traer a casa?

—Puedo volver sola, perfectamente, soy una chica grande. Y en dado caso de que me sienta mal, le pediré el favor a alguno de ellos que me acompañe, al cabo no soy la única que vive en la base.

—¿Ah sí? A ver, ¿a cuál de todos? No me digas que al imbécil de Anderson, o no, mejor aún con Fernández, que seguramente anda viendo la manera de emborracharte para meterte entre tus calzones.

—El burro hablando de orejas —replico mordaz—. Sé lidiar con los idiotas, al fin y al cabo, llevo haciéndolo contigo desde hace varios días.

—Yo no soy como ellos, no me jodas.

—¿Quién me lo asegura?

—Jordania, tú no vas a salir sola el sábado —su voz suena a dura advertencia.

—Voy a donde se me pegue la gana y tú no eres nadie para impedirlo.

Me levanto de la banca en donde estaba sentada y él hace lo mismo, con los ojos abiertos como platos, lo veo levantar la mano y en ese momento todo vuelve como una avalancha.

Me encojo antes del golpe, preparándome para el dolor.

—No, por favor —gimo—. No me pegues.

Alec se paraliza ante mis palabras. Su enojo remite de inmediato.

—Jordania —dice en voz baja, mientras yo tiemblo como una hoja—. ¿Qué te pasó, cariño, quién te hizo daño?

Esa es la cosa con el pasado.

Puedes huir, esconderlo, ocultarlo. Pero si no lo superas, siempre vuelve a ti.

Regla #8: Las buenas costumbres nunca pasarán de moda. Como me enseñó mi abuelo, a una mujer no se le toca ni con el pétalo de una rosa.

Capítulo 8

Todos hemos cometido errores, algunos insignificantes, otros garrafales. De los primeros tengo muchos en mi haber, de los segundos, demasiados para mi gusto.

Desde entonces esa sombra me persigue silente, oscura, pegada a mi cuerpo. Trato de rodearme de luz, pero entonces se hace más fuerte, más visible. No desaparece. Escucho una y otra vez las mismas palabras.

Zorra.

Coqueta.

Casquivana.

Fácil.

A pesar de que he decidido vivir mi vida bajo mis propias reglas, la herida sigue ahí, a medio cicatrizar, supurando, quemándome por dentro. Haciéndose cada vez más profunda.

Por eso ya no creo en los cuentos de hadas. Cuando el sol sale, los demonios muestran su verdadero rostro y la magia termina.

Para mi buena suerte, los míos salieron a relucir antes de que cometiera un error todavía más grave. Aun así, es mi secreto. Sólo a una persona le conté lo ocurrido, a Casper, quien fue y sigue siendo, guardián de mis confidencias. Si mi padre lo hubiera sabido, seguramente ahora tendría sus manos manchadas de sangre y nunca quise eso, ya bastante violenta y penosa se me hacía toda esa situación como para añadirle un agravante más.

Alec. Él sigue aquí. Escucho su voz como un suave murmullo que me llama y me hace regresar envuelta en un mar de llanto.

—Jordania, mírame, habla conmigo —me pide una y otra vez.

Sus brazos me envuelven, me dejo consolar por sus caricias, por el calor de su cuerpo, por lo bien que huele. Por su fuerza.

Poco a poco los temblores se van y el llanto cesa.

—Any —murmuro y hasta a mí me sorprende—. Él me llamaba así.

—¿Qué pasó? —Pregunta apretándome contra su pecho, firme y delicado al mismo tiempo—. ¿Qué te hizo ese imbécil?

—Glenn era todo lo que una chica pudiera soñar, el príncipe azul sacado del cuento, vestido en uniforme y todo. Alto, rubio y muy educado, proveniente de una familia con gran tradición en la política. Mi padre estaba en las nubes.

—Lo imagino —dice con ironía.

—Me enamoré de él la primera vez que lo vi, Casper me lo presentó enseguida y, a pesar de que nadie daba un centavo por ello, a él le pasó lo mismo. Era joven, inexperta y recién salida del cascarón, mejor dicho, de la vigilancia de halcón de mi padre. Él fue el primero al que le permití tocarme, el primero con quien hice el amor, sentía que era la más afortunada del mundo, hasta que lo conocí mejor.

Alec se queda en silencio, en el espacio vacío de mi apartamento sólo se escuchan los sonidos pausados de nuestras respiraciones. Y a mi oído, su corazón que late furioso.

—A pesar de que era guapo y rico, criado entre algodones, Glenn me sorprendió a medida que nuestra relación avanzaba. Cada vez era más dependiente, más inseguro, quería saber dónde estaba a todas horas. Mi celular no dejaba de repiquetear en todo el día, a veces incluso cuando estaba en clases, tú sabes los problemas que eso puede acarrear, si no le contestaba, se ponía furioso y me hacía sentir terriblemente mal por ignorarlo.

—Idiota —murmura mientras sus manos siguen viajando por mi espalda. La caricia ha dejado de ser sensual, ahora es reconfortante, justo lo que necesito para continuar.

—Glenn era el aire que respiraba, mi mundo entero, pero nunca podía satisfacerlo completamente, al principio fueron comentarios sueltos acerca de mi ropa, de mi cabello, incluso sobre mi maquillaje. Le pidió a su madre que me asesorara y, como estúpida, acepté encantada. En aquel entonces pensaba que esa era una gran prueba de amor y devoción.

—Él quería cambiarte, imbécil.

—Poco a poco me fui alejando de mis amigos, con excepción de Casper, que también era su mejor amigo. Dejé de salir sin él, de ir a fiestas. Siempre me ha gustado bailar, Glenn se ponía como una fiera si se me ocurría salir a alguna parte sin él, primero fueron escenas llenas de supuesta tristeza, luego le siguieron los gritos, me acusaba de engañarlo con otros hombres, con mis compañeros de curso, cualquiera al que le dedicara más de un par de palabras o una sonrisa era un potencial pretendiente. Su familia me veía cada vez peor, incluso creo que sus sospechas llegaron a oídos de mi padre. Era horrible, me sentía juzgada, sentenciada. Cada vez nuestras discusiones subían más de tono, al final…

—Al final te pegó.

Asiento, esta es la peor parte. La que más duele, de la que no he podido desprenderme.

—Acabábamos de comprometernos, ¿sabes? Me dio un anillo de platino en forma de rosa, una antigüedad familiar, seguramente elegida por su madre, él decía que yo era una delicada flor, sin embargo, nunca quise que me tratara de esa manera. Yo quería ser su esposa, su compañera, su igual.

—Y él no te trataba de esa manera. —Esa es una afirmación, no una pregunta y está en lo cierto.

—Él quería convertirme en alguien quien no soy, en una copia de su madre, era muy duro, a pesar del amor, no creía ser capaz de soportarlo, mucho menos a largo plazo. El matrimonio es para toda la vida.

—¿Terminaste con él inmediatamente?

—No —afirmo, recordando lo que ocurrió después de la primera cachetada—. Casper tuvo que mediar entre nosotros, Glenn estaba deprimido y amenazó con atentar contra su vida. Volvió, desesperado, trayendo consigo docenas y docenas de rosas rojas, lloró y me pidió perdón de rodillas. Yo tenía mil dudas, pero seguía amándolo, queriendo ser su mujer.

—Cobarde.

—Me prometió que cambiaría, que en nuestra relación sólo seríamos él y yo, que me quería por quien era, por lo que significaba para él.

—¿Y le creíste?

—Le creí —admito, aunque hacerlo me avergüence.

—Durante unas semanas todo marchaba de maravilla, incluso volvimos a enfocarnos en los planes de boda, ese verano terminaríamos la academia, nos convertiríamos en oficiales, por lo que fijamos la fecha para antes del día de acción de gracias. Por medio de los contactos de su familia y la mía, conseguimos que nos delegaran en Connecticut,

Glenn soñaba con ser submarinista y yo, yo me adaptaría a lo que él quisiera.

Iba a renunciar a mis ilusiones por él, a la larga, seguramente también hubiera pedido mi baja, para dedicarme al hogar, a criar los hijos que seguramente vendrían tras la boda.

—Mi padre nos regaló una casa y comenzamos a amueblarla, por supuesto mi suegra no se pudo contener, empezó con comentarios sueltos, luego fueron sugerencias, regalos, de ahí llegamos a las imposiciones. Se lo dije a Glenn y él aceptó hablar con ella, las cosas se calmaron, al menos temporalmente.

—¿Cuándo rompieron definitivamente?

—Dos semanas antes de la boda —suspiro, aquí viene la peor parte—. Tenía una cita con el joyero para recoger el anillo que le regalaría, al salir no pude encender mi coche, por supuesto que lo primero que hice fue llamarle, pero no me pude comunicar con él, un chico que pasaba por ahí se ofreció a ayudarme pasándole carga a la batería.

—¿Él los encontró?

—Él nos encontró —admito—. Fue una escena horrible, si cierro los ojos, todavía puedo sentir sus dedos en mi brazo y su mano en mi cabello. El otro muchacho se asustó y llamó a la policía.

—¿Presentaste una denuncia, le dijiste a tu padre?

—No —confieso y mi vergüenza se hace peor— El agente que me atendió me dijo, entre otras cosas que, si no fuera tan facilita para abrir las piernas, seguramente mi novio no se enojaría tanto conmigo.

—Menudo idiota —gruñe—. ¿De verdad no hiciste nada al respecto? No parece propio de ti.

—Apenas había cumplido veintidós ese verano, todavía me faltaba mucho por aprender. Glenn me amenazó, con cosas que prefiero no repetir, y tuve miedo de que por una vez cumpliera su palabra —suspiro—. Su familia es muy influyente. Después de esa tarde no pude más, sabía que si cedía sería mi final. Mi padre no estuvo muy contento cuando le dije que cancelaría la boda, el escándalo que se armó fue terrible, quería esconderme de todo y de todos. Meter mi cabeza en la tierra, como un avestruz y no volver a ver a nadie de frente otra vez, fui una cobarde, pero necesitaba mi espacio.

—No fuiste cobarde —me dice apretándome un poco más—. Hiciste lo que tenías que hacer.

—Pedí el traslado a la fuerza naval del Pacifico, mi padre lo hizo poco después, por eso terminé apostada en Hawái, durante casi toda mi carrera ese fue mi centro de operaciones.

—Circunstancia que resultó ser ventajosa para mí —se ríe.

No me muevo, no tengo las fuerzas, me quiero quedar aquí, segura entre sus brazos, sintiéndolo cerca, escuchando su respiración y el ritmo de su corazón. Sí, sí, búsquenme la guitarra, en cualquier momento me pongo a cantar sonetos. Por cursi.

—¿Quieres algo de tomar? —Pregunta después de un rato—. Puse un par de cervezas en el refrigerador.

A pesar de que sé que el alcohol no es el remedio para ningún mal, sí se me antoja algo frío y, además, eso cambiaría la vibra que fluye entre nosotros.

—¿Cómo te sientes? —Alec toma un trago largo de su lata y hago lo mismo antes de contestar.

—Como recién salida de un ritual de exorcismo —me río, quitándole hierro al asunto, la verdad es que estoy agotada. Exhausta y, sin embargo, tan diferente. Me acabo de quitar un peso de mis hombros. Y justo tenía que ser con él.

¿Qué tiene que hace que me abra de esta manera?

—Gracias por confiar en mí —murmura—. Sabes que puedes contar con mi discreción.

—Lo sé y te lo agradezco.

—Me siento abrumado, cabreado y también como un inútil, quisiera que me dijeras quién es el idiota e irlo a desmembrar, tengo un par de ideas de lo que podría hacer con él, he matado en combate antes y lo haría de nuevo. — Abro la boca para regañarlo, no es eso lo que yo quiero, pero no puedo continuar, Alec levanta la mano, pidiéndome que le permita terminar—. Como has dicho, lo que viviste ya fue lo suficientemente violento, es hora de sanar, de mirar hacia el futuro, de ser feliz.

—Eso es lo que quiero, ser feliz, ser yo, vivir bajo mis propias reglas.

—Me alegra escuchar eso —dice con una sonrisa.

—Es por eso que no puedo permitir que me limites, Alec, ya tuve de eso una vez y no quiero volver ahí.

—Jordania —me detiene—. No quiero controlarte, mi intención está muy lejos de eso, sólo estoy preocupado por tu seguridad, por tu bienestar.

Por ahí se empieza, bien que lo sé.

—No, Alec, es una buena excusa y también el principio. Tú y yo somos apenas amigos, si cedo en esto, acabaré consintiendo en todo y no pretendo tropezar dos veces con la misma piedra.

—Jordania… te entiendo, pero, aun así.

—Estas son mis reglas, Alec, es mi vida y la voy a vivir a mi modo, nunca más voy a dejar que cambien mi esencia, que me roben la alegría.

—A mí me gustas tal como eres —dice y su admisión me descoloca. Pero…

—Alec, tú quieres sentar cabeza, necesitas una mujer que se adapte a eso, yo no soy femenina, como te has dado cuenta, no te he invitado a cenar nunca, porque no tengo idea ni de freír un huevo. Le tengo pánico a los bebés y no sabría qué hacer con uno. No, no soy el tipo de mujer que buscas.

—No decidas por mí, no soy un muchacho, soy un hombre de treinta y ocho años, los cumplí en marzo, sé lo que quiero, Jordania Bauer.

—Da igual —admito tomando otro trago de cerveza—. Tú también querrías cambiarme, me ahogarías o peor, terminaríamos agarrados de los pelos un día sí y el otro también. Me convertiría en un pálido reflejo de lo que soy, en el fantasma de lo que quiero ser, con un hombre como tú me consumiría como una polilla en la llama.

—Tu esencia sólo se diluiría en un mar de debilidad y no me tengo por un hombre débil.

Toma mi cara entre sus anchas palmas, levantándola lo justo para podernos mirar a los ojos.

—Conóceme y déjame conocerte —me pide, acariciando mis mejillas suavemente.

Cierro los ojos y frunzo el ceño, de repente me invaden unas tremendas ganas de llorar, como siga por este camino, le voy a arrojar los brazos al cuello, chillando desesperada, suplicándole que se case conmigo y me lleve a su casita, para vivir ahí infelices por siempre jamás.

—Dame una oportunidad, Jordania, sal conmigo —repite—. Sal conmigo, no porque te haya obligado a ello, sal conmigo porque quieres.

—Alec… —murmuro, casi a punto de ceder.

—Sal conmigo, déjame mostrarte lo que es estar con un hombre de verdad.

Su boca está muy cerca de la mía, puedo sentir sus labios rozándome, invitándome a saborearlos.

—Jordania... — insiste mientras deja un par de besos a lo largo de mi barbilla.

Y hasta aquí, señoras y señores, llegó mi resistencia.

—Sí —respondo, sintiendo que esas dos letras, una palabra tan sencilla acaba de sellar mi destino.

Regla #9: Es de fundamental importancia demostrarle que, en tus brazos, todos los sueños se pueden hacer realidad.

Capítulo 9

—¿Trabajamos un rato? —Le pregunto a Alec después de terminar la segunda lata de cerveza.

—No tengo ganas, ¿y tú?

—¿Qué quieres hacer entonces? —Le pregunto levantando la mirada hacia la sala vacía de mi apartamento.

—Vamos a caminar, sólo de ida y vuelta al muelle.

La idea me parece buenísima, para ser sincera de lo que menos tengo ánimos ahora mismo es de ponerme a sacar cálculos, estimaciones y demás. Mucho menos de ponerme a leer tratados enteros de acuerdos diplomáticos y cosas como esas.

—El clima está comenzando a cambiar, hace fresco aquí afuera.

—¿Soltando frases trilladas de nuevo, comandante? —Le suelto burlándome un poco.

—Es bueno saber que estás recuperando tu humor —responde—. Por mucho que me guste ofrecerte mi hombro en caso de necesidad, prefiero a esta Jordania combativa y respondona.

—Procuraré no volver a llorar en tu presencia.

—Ahí vas, dándole un giro extraño a mis palabras —me reprende—. Lo que quise decir es que no me gusta verte llorar, se me hace un nudo aquí en el pecho.

—Creo que no estás acostumbrado a lidiar con mujeres, al menos no en ese aspecto.

—En realidad no —confiesa—. Mi abuela siempre estaba de buen humor y cuando mi abuelo falleció, ella tenía muy poco contacto con la realidad.

—Lo siento —le digo y lo digo de verdad—. Es una enfermedad dura, no imagino lo que se siente vivir sin tus recuerdos.

Él suspira y se centra en el camino por unos momentos.

—Ya no sé qué es peor, por una parte pienso que esa enfermedad la anula, por la otra no estoy seguro si ella podría vivir su vida sabiendo que él ya no está aquí, con nosotros.

—¿Y tus padres?

—Ellos murieron cuando yo tenía cuatro años en un accidente, los recuerdo muy poco.

Los ojos se me llenan de lágrimas, yo también sé lo que es perder a alguien tan cercano.

Quiero abrazarlo y consolarlo. No quiero que esté herido, él acaba de hablar de vivir sin recuerdos, yo recuerdo perfectamente a mi madre, cada una de sus sonrisas, los pasteles que horneaba para mi cumpleaños, los vestidos de princesa que me hacía y que al final siempre terminaba usando con tenis. Si me quitaran eso, me sentiría vacía. Con un hueco enorme en el pecho.

—Te he dejado sin palabras, ¿eh?

—Estaba pensando en mi madre —respondo, porque es la verdad—. Y en los recuerdos que tengo de ella.

—No te sientas mal por mí, mi abuela era fantástica, fui un niño alegre y bullicioso.

—Es bueno escuchar eso. ¿Cómo viniste a dar en la armada?

—No tenía dinero para ir a la universidad y, a pesar de que todo mundo me lo aconsejaba, me resistía a la idea de vivir endeudado pagando créditos estudiantiles. Evalué mis opciones y esta me pareció una buena idea, lo prefería a terminar en una esquina, metiéndome en problemas, al fin y al cabo, tenía un montón de energía que aprovechar.

—¿Y cómo te hiciste oficial si uno de los requisitos es ir a la academia o pasar por la escuela?

—Bueno, ese sí que fue un golpe de suerte, comencé como suboficial hasta que, por una recomendación, me incluyeron en un programa de formación profesional y lo demás es historia.

—¿De verdad crees en la suerte?

—La suerte se la labra uno mismo, no fue aleatorio que me eligieran, si voy a hacer algo, lo hago bien. Siempre me he destacado por eso.

—¿Y qué fue de las fiestas y vivir la vida loca?

Él se ríe y el sonido, ronco y fuerte me encanta.

—De eso hubo también mucho.

—Ya decía yo que no podías ser tan anormal.

—Soy un tipo como cualquier otro, Jordania, con defectos y virtudes. Tal vez mucho de lo primero y unas cuantas de lo segundo.

—El balance no es tan malo —me burlo un poco—. Eres soportable, no es tan malo pasar tiempo contigo.

Me río y él me secunda.

—Parece que esta es la primera vez que hablamos, ¿verdad? Que hablamos de verdad —suspira y yo hago lo mismo.

Es raro cómo puedes conversar por horas con una persona y no decir nada de verdad, de fondo.

—Bueno, las otras veces estabas más pendiente de impresionarme para acostarte conmigo.

Él suelta una carcajada.

—Todavía quiero acostarme contigo —reconoce—. Pero también hay algo más y quiero ver hasta dónde nos lleva.

Vuelve la mula al trigo…

—Alec, no soy yo —le digo—. No soy la mujer que buscas, si insistes en esto va a ser una pérdida de tiempo, al final alguno de los dos va a resultar lastimado.

Somos interrumpidos por un par de oficiales que nos saludan, después de eso seguimos caminando sin decir una palabra, hasta llegar a una explanada desde la cual puede contemplarse la bahía.

—Un centavo por tus pensamientos —murmura, cortando el silencio que nos envuelve.

—Gracias por esta noche, Alec —le digo, admirando su rostro, la fuerza de su mandíbula, todo lo que dice con la intensidad de su mirada—. Ha sido liberador, sea cual sea el final que tenga nuestra historia, gracias.

—Jordania, no te quiero hacer daño —reconoce y le creo, de verdad le creo.

—Eso no importa, muchas veces herimos a quienes son importantes para nosotros aún sin estarlo buscando, es inevitable.

—Tenme un poco de confianza, no todos somos iguales.

—No lo sé, Alec —digo—, lo único que sé es que tengo que protegerme, mis reglas es lo que me mantiene a salvo, lo que conozco.

—Entonces va siendo hora de que te enfrentes a algo más.

Esa frase, dicha de sus labios suena a declaración. Y también a advertencia.

Por algún milagroso suceso, duermo mejor que en mucho tiempo, en la mañana despierto sintiéndome gloriosamente bien.

Tocan a la puerta, tiene que ser él, bendito hombre insistente. Ya se le hizo costumbre *autoinvitarse* a cenar todas las noches y ¿ahora también pretende que lo acompañe a desayunar?

Abro la puerta lista para soltarle una larga retahíla de maldiciones, cuando para mi sorpresa, me encuentro con el rostro preocupado de mi mejor amigo.

—Casper —lo saludo—. ¿Qué haces aquí?

—¿Puedo pasar?

¿Ven que no es tan difícil pedir permiso? Tan diferente a cierto personaje.

—Claro —respondo apartándome, para que entre en la casa y cierro la puerta tras él—. ¿Ya desayunaste? Tengo cereal, ¿o quieres un café?

—No te preocupes, estoy bien.

—¿Qué te trae por aquí tan temprano? —Le pregunto y él se ríe, lo conozco bien, no vendría a visitarme a estas horas si no fuera algo importante.

—Jordi, no me quiero meter en tu vida, pero estoy preocupado por ti.

Ah, caracoles, caracolitos. ¿Qué pasó?

—No entiendo —y es la verdad.

—No sé por dónde comenzar, es un tema delicado.

—Pues por el principio sería bueno, ¿qué quieres decirme.

Él se ríe, pero su risa suena hueca.

—Directa como siempre —afirma—. Verás, anoche me llamó un colega, ya bastante tarde, me dijo que te vieron con el comandante Trueno y también que no es la primera vez.

—¿Con quién? —Pregunto porque no sé a quién le pusieron semejante apodo.

—Con Houston, con el comandante Alec Houston.

Sabía yo, esto es como el patio de una escuela, los chismes vuelan más que el viento.

—Vaya —afirmo, dejándome caer sobre uno de los bancos que están al lado de la barra del desayuno.

Dicho sea de paso, el único lugar en el que puede uno sentarse.

—Jordi, eres mi mejor amiga, y estoy preocupado por ti.

Lo de amiga lo entiendo, pero su preocupación ¿a qué viene?

—Sigo sin captar el mensaje, Casper, habla claro.

—Ese hombre no te conviene, Jordi, eres una gran mujer y oficial, pero eres vulnerable y no quiero que ese… que ese sujeto te haga daño.

—Explícate —le pido, aunque ha sonado como una orden.

—No lo conozco personalmente, pero dicen que es un sinvergüenza, un mujeriego y un jugador.

Sus palabras me suenan extrañas, ¿estamos hablando de la misma persona?

Casper calibra el efecto que sus palabras tienen sobre mí antes de seguir hablando.

—Aparte tiene una muy mala fama con su tripulación, por eso le pusieron ese apodo, dicen que es duro, insensible, que exige más de lo que está dispuesto a dar, ¿sabías que por eso lo trajeron a la base? Están evaluando su desempeño, es probable que le den de baja.

Sigo sin podérmelo creer, el hombre que me sostuvo anoche mientras yo lloraba muerta de miedo no es así. No puede ser la misma persona que me escuchó y que también me contó sobre su vida.

No puede ser el hombre que me habló de sus abuelos, de sus inicios como marino, de sus esperanzas.

No puede ser el mismo hombre que me pidió la oportunidad de ganarse mi confianza.

—Casper, ¿estás seguro de lo que dices? —Le pregunto—. ¿No estarás mal informado, son fiables tus fuentes?

—Jordania Bauer, ¿crees que me presentaría en tu casa a estas horas si no estuviera seguro de lo que te estoy diciendo?

Bueno, la verdad es que no. Aun así…

—Me parece increíble —admito—. Casper, tiene que haber un error, estoy segura.

—Jordi —dice rascándose la cabeza, sobre la que ya nada más le quedan unos cuantos pelos tan claros que casi no se ven—. Investiga por ti misma, pregúntale a quien quieras. Hazlo, si no confías en mí lo suficiente para creer en mi palabra.

Eso me duele y estoy segura que a él también, Casper es mi amigo, ha sido mi confidente por años, la persona que ha estado conmigo en los buenos momentos, los malos y los peores. Por muy absorbente que pueda llegar a ser, sé que su amistad es de verdad sincera y que su preocupación no nace de la nada.

—Lo siento, Casper, no quería ofenderte —murmuro—. Es que todo esto es tan irreal, Alec se ha comportado de una forma tan especial, que…

—Porque es un excelente actor —gruñe—. Cuando consiga lo que quiere de ti, entonces conocerás su verdadera cara.

Lo cierto es que Alec siempre ha sido sincero al respecto de lo que quiere conmigo, nunca ha ocultado que quiere llevarme a la cama. Eso lo tengo clarísimo, pero también hemos hablado de algo más y, de repente, la idea de que eso se desvanezca en el aire, como la bruma, me deja desolada. Totalmente desconcertada.

¿Por qué carajo me importa tanto?

Dios, esto pasa de castaño a oscuro.

—No sé qué decirte —acepto, apesadumbrada.

Me duele reconocer que a pesar de que sigo manteniendo altas mis defensas, Alec me ha calado hondo, él tiene algo —o eso me hizo creer—, algo especial.

—Dime que vas a tener cuidado —me pide mientras su mano cubre la mía—. Jordi, después de lo que pasó con Sanders no quisiera verte herida de nuevo. Este tipo, Houston, tiene una fama tremenda, te haría trizas sin pestañear.

—Casper, pero es que…

—Prométemelo, amiga —ruega—. Estoy preocupado por ti, promete que vas a cortar cualquier lazo que tengas con Houston, su nombre sólo trae malas noticias.

—La gente cambia —murmuro en un vano intento por excusarlo.

—Estoy seguro de que no es el caso, ese tipejo no es más que un lobo vestido con piel de oveja, no te dejes engañar, Jordania, después de lo de tu ex pensé que lo sabrías bien.

—Claro que lo sé, eso sigue aquí conmigo, Casper. Nada fue igual desde entonces.

—Entonces corta lazos, mándalo a la mierda, si quieres salir y divertirte hay muchas cosas que podemos hacer, sabes que aquí estoy para ti.

La cabeza me da vueltas, eso es lo único que sé ahora.

—Es mucha información para procesar —acepto.

—¿Quieres que vayamos a cenar esta noche?

—No, gracias, estoy cansada, el curso es intenso, aparte tengo mucho trabajo que poner al día.

—Recuerda que te quiero, Jordi, y que deseo lo mejor para ti.

—Lo sé, Casper, y te lo agradezco. —De todo corazón lo hago.

—¿Estás lista, quieres que te acerque a alguna parte?

—Eso no va a ser necesario, muchas gracias, ya he comprado un coche.

—Vaya —dice con el ceño fruncido—, esas son novedades y me tuve que enterar de casualidad, ¿por qué no me habías llamado para contarme?

Porque estaba muy ocupada pensando en el comandante Trueno.

—Todo ha pasado muy rápido, apenas tengo tiempo para dormir —me excuso.

—Bueno, entonces no te entretengo más —dice, antes de dirigirse a la salida—. No seas una extraña, llama de vez en cuando.

Entonces digo lo primero que se me ocurre.

—Escucha, el sábado vamos a salir a tomar unas copas con mis colegas, ¿quieres venir con nosotros?

—Claro, llámame y concertamos los detalles.

Me da un beso en la mejilla y se marcha, dejándome envuelta en un torbellino de dudas.

El día pasa en un borrón, apenas me he dado cuenta de todo lo que he hecho. Para cuando llega la noche y la figura de Alec aparece en el corredor que conduce a mi apartamento estoy lista para la pelea. Quiero respuestas y no me voy a quedar sin obtenerlas.

Al precio que sea.

Regla #10: Se un hombre entero, reconoce tus errores y también tus aciertos. Que la honestidad sea siempre tu bandera.

Capítulo 10

—Espero que tengas hambre —me saluda con una sonrisa al acercarme—. Esta noche he traído italiana, del *Filippi's*, te va a encantar.

Levanta una bolsa que lleva en la mano izquierda, acercándola a mí. Huele divino y, aunque se me hace agua la boca, me aguanto, hay cosas más importantes que la comida. Como mi integridad, por ejemplo.

—Buenas noches, comandante Trueno —le saludo nada más llegar a la puerta de mi apartamento.

Él me mira entre desconcertado y furioso.

—¿De dónde sacaste tú ese apodo? —Pregunta con un tono de voz seco, duro.

—De las mil y unas cosas que se dicen en la base.

—¿Desde cuándo le prestas atención a los chismes, Jordania? —Mierda, ya se cabreó, bueno, que se prepare, porque somos dos.

—Desde que estoy involucrada en ellos —respondo igual de seca.

—Mejor entremos —ordena—. No quiero tener que hablar contigo en la mitad del pasillo.

Toma las llaves de mi mano y él mismo abre, como si de repente mi casa se hubiera convertido en la suya.

De repente, mi casa me parece más pequeña que otras veces y mucho más oscura, como si se hubiera transformado en una caverna.

—¿Qué es lo que quieres de mí? —Le digo mientras dejo mi maletín y bolso de mano sobre la encimera.

—Lo sabes bien, Jordania —contesta al toque—. Siempre he sido claro contigo.

—¿En que quieres darme un buen revolcón? Sí, claro —agrego amargamente—. Lo que quiero saber es qué más quieres.

—Bien lo sabes.

—No, imbécil, no sé nada —chillo—. Me has pedido que crea en ti y no me veo haciéndolo.

—Eso es porque has preferido prestar atención a cualquier ridiculez que te hayan dicho de mí.

—¿Ridiculeces? —Pregunto a los gritos, me importa muy poco quien escuche—. ¿Te atreves a decirme que son ridiculeces?

—Y mentiras —agrega—. Pero tienes que calmarte primero.

—No me calmo —grito—, no me da la gana.

—Jordania, mientras estés así, no vamos a poder hablar como dos adultos razonables.

—¿Adultos razonables? —No sé por qué eso me ha sonado a insulto—. Querrás decir a un canalla y su próxima víctima.

—Yo no soy la víctima de nadie —responde con ironía.

—De todo pretendes hacer un juego —le reprendo—, te tengo noticias, imbécil, conmigo nadie juega.

—Excepto quien sigue tus malditas reglas —se queja.

—Ni aun así, no se lo permito a nadie —afirmo en voz alta—, ¡a nadie!

—Entonces, señorita Bauer, como ya te has declarado vencedora, ¿no me vas a dejar hablar?

—No estoy segura de que valga la pena, seguro me vas a soltar una sarta de mentiras, el discurso que seguramente tendrás muy bien aprendido.

Él levanta las cejas, claramente sorprendido y disgustado por mis palabras.

—¿Discurso aprendido? —Pregunta—. A ver, según tus informantes ¿cuántas víctimas llevo en mi haber?

—¿Me vas a negar que eres el comandante Trueno y que te pusieron ese apodo por miserable y sinvergüenza?

—Ese fue un invento de Herrera, mi segundo a cargo, se le ocurrió llamarme así porque soy enérgico y mandón, miserable no he sido nunca, aunque haya nacido pobre. Por lo de sinvergüenza... bueno, tal vez sea un poco cara dura, nada más.

—¿Ni ahora puedes dejar de hacer bromas? No estoy jugando, Alec.

—Yo tampoco, mucho menos contigo, simplemente estoy tratando de terminar con esta mierda.

—Mierda es con lo que tú pretendes llenar mi vida, mi carrera —afirmo sin ceder ni medio centímetro, con ganas de ponerle los espaguetis que ha traído de sombrero—. Tengo una carrera, una reputación que defender.

—Y todo eso es tan importante que no eres capaz de ver más allá, yo también tengo una reputación, Jordania, una carrera.

—Pues parece que no, estás aquí porque pronto te van a dar de baja.

Él se queda paralizado ante mi mordaz comentario, como si fuera la primera noticia que tiene al respecto.

—Estás muy equivocada —afirma.

—Estoy segura de que no lo estoy —agrego con arrogancia, levantando la barbilla. Él tensa la mandíbula, puedo ver los músculos de su cuello apretarse—. Mis fuentes son confiables.

—Pues te mintieron, si quieres fiabilidad, entonces pregúntame directamente, a mí, Jordania, a mí.

Sé quién soy y, la mayoría del tiempo, sé lo que los hombres quieren de mí. Si estoy dispuesta a ceder, entonces será porque las cartas están sobre la mesa, sin trucos baratos de por medio. No me voy a convertir en la muñeca inflable de nadie.

—¿Para qué? —Chillo otra vez, caminando alrededor de la pequeña cocina del apartamento—. ¿Para darte otra oportunidad de que me engañes? No quieras hacer ver que hay algo especial entre nosotros cuando tú y yo sabemos que eso es una vil mentira. ¡Deja de actuar, se hombre!

Y esas palabras rompen del dique.

Alec me corta el paso, me aprieta contra su cuerpo y, tomando una de mis manos, la presiona contra su bragueta, para que cubra con ella la erección que ahí se evidencia.

—Dios, no tienes ni idea de lo que me haces —gruñe con la boca pegada a mi oído.

—No me mientas —le pido.

—¿Te parece que esto es una mentira? —Fascinada por su reacción, acaricio a través de la gastada tela de sus pantalones, trazando con mis dedos el contorno de arriba abajo, varias veces.

—Si comienzas con esto, preciosa, es porque lo vas a terminar —me advierte.

Como respuesta, busco el cierre de sus pantalones y comienzo a bajarlo. Alec no pierde el tiempo, todavía ardiendo por el fragor de nuestra batalla, comienza a tirar de la tela de mi falda hasta que encuentra el dobladillo.

Su otra mano se desliza por mi espalda, subiendo, subiendo, hasta mi cuello y ahí el estirado recogido que debo llevar a diario, lo deshace y hasta los pequeños tirones que me da me gustan.

No hay nada delicado ni romántico aquí. Esto va a ser sexo, rápido y furioso. Lo que viene, bueno, lo que viene no importa. Él obtendrá lo que quería y saldrá de mi vida tan rápido como entró.

Sus manos ahuecan mi rostro y baja su cabeza para que nuestros labios se encuentren, los míos lo reciben abiertos, cálidos y húmedos. Alec enreda su lengua con la mía y se traga mis gemidos.

Por puro milagro me quita la blusa sin romperla, dejando a la vista la camisola de seda y el borde de mi sujetador de encaje.

—Preciosa —dice devorando mi pecho con sus ojos—. Preciosos.

Con una mano, baja una de las tiras de seda y luego la otra, deshaciéndose una a una de las barreras que lo separan de mi piel recalentada. La falda no tarda mucho en caer al piso, con el resto de mi uniforme.

Estoy desnuda y no me importa, ya tendré tiempo de pensar en esto más adelante —o de arrepentirme—, ahora todo lo que quiero es que haga algo para calmar esta ansia que crece dentro de mí y que me está consumiendo.

Alec me levanta por la cintura, pasando por alto el gritillo que he dado al sentir el frío de la encimera. Un par de dedos acarician mis pliegues y me olvido de todo lo demás, estoy mojada y jadeante, lista para él.

Lo he imaginado muchas veces, tantas que ya perdí la cuenta, pero al tenerlo colándose en mi calor confirmo que la realidad supera con creces la ficción.

Alec toma mis muslos, abriéndolos, para situarse en medio de ellos y cubrir mi cuerpo con el suyo un momento, sólo un momento. Porque su boca deja la mía, para comenzar a trazar un camino ardiente camino al sur.

Sus manos se encargan de consentir mis pezones, mientras él besa mi vientre, entreteniéndose en mi ombligo.

Mis manos vuelan a su cabeza, queriendo atraerlo más a mí, intentando en vano, tirar de su cabello, cortado casi a ras.

Su lengua sigue viajando, dibujando mapas por mi cuerpo hasta que por fin alcanza el dulce lugar que ansioso espera por sus atenciones.

—Alec —grito al sentirlo ahí.

Sus dedos se unen a la función, aumentando la presión, las ganas.

—Invocaste al diablo, Jordania, entonces prepárate para conocerlo —dice mientras se levanta, yo lo miro con los ojos desorbitados, incapaz de responder—. Querías jugar con fuego, ¿no? Ahora prepárate para quemarte, para saber de verdad quién soy yo.

Dicho esto, se endereza, se da la vuelta y se va. Cerrando la puerta tras de sí con suavidad.

Yo me quedo ahí tirada, sin poder procesar bien lo que acaba de pasar.

Maldito seas, Alec Houston. Necesito sacarte de mi sistema con extrema urgencia.

Sábado, llega ya, porque necesito emborracharme.

Regla #11: A una mujer le gustan las palabras, pero más que eso necesita acciones, acciones que le digan lo mucho que ella significa para ti.

Capítulo 11

Sobreviviendo al calentamiento, no, no al global. Al calentón con el que el sinvergüenza desgraciado ese me dejó en la encimera de la cocina.

Estoy frustrada, cabreada y, a mi pesar, muy excitada. Maldito imbécil.

Para cuando por fin llega el jueves estoy que trino. Afortunadamente no he tenido que topármelo y los chismes se han mantenido a raya, porque nada más me faltaba que la base entera se enterara de lo que ocurrió entre las cuatro paredes de mi apartamento.

Lo que sucede a puerta cerrada, así se queda.

—Vamos a tener algunas prácticas de campo —anuncia nuestro instructor—. Tenemos una lista de embarcaciones disponibles, en dos semanas saldremos a mar abierto.

Todos dan gritos como si les hubieran dicho que nos vamos de fiesta.

—Calma, señoritas —los interrumpe el capitán—. No son vacaciones en Las Bahamas.

—La esperanza es lo último que se pierde —grita uno, creo que Anderson—. Se vale soñar, capitán.

—No con el dinero de los contribuyentes —responde muy serio nuestro instructor.

—Capitán, diga que al menos vamos a tener la oportunidad de ver a Cashman y a Bauer en bikini.

—En bikini vas a ver a tu abuela, idiota —le contesta mi compañera y secundo la moción.

—Si quieren tener a los ángeles de Victoria's Secret, paga por ellos de tu propio bolsillo —grito.

—Tú nos sales más barata, Bauer —responde el idiota de Fernández.

—En tus sueños, pendejo. Tú no vales ni la molestia.

Todos silban y abuchean, por lo que el capitán tiene que intervenir y poner orden. Se supone que somos un grupo de adultos que, para más inri, pertenece a una de las fuerzas armadas más poderosas del mundo, sin embargo, cuando quieren portarse como unos idiotas descerebrados, sacan lo peor de sí mismos.

—La próxima semana, les voy a dar a cada uno de ustedes el nombre de la embarcación con a la que van a ser designados para los ejercicios, además, deberán tener lista la planificación para los días que estarán fuera, todo debe ser tenido en cuenta, desde el agua, hasta el combustible y, por supuesto, el armamento.

—Ni que nos fuéramos a la guerra —chilla alguien que no alcanzo a distinguir.

—Señores, este país está en guerra desde hace años, son muchos los enemigos de la libertad y tenemos que mantenernos preparados —agrega el instructor con firmeza—. Recuerden, recuérdenlo bien, el ataque a Pearl Harbor sucedió en tiempos de paz.

La conversación toma un matiz serio y todos nos ponemos en plan profesional, es cierto, con las vidas de la gente que protegemos no se puede jugar, mucho menos cuando somos nosotros quienes estamos arriesgando el pellejo, un ataque puede suceder en cualquier momento, los chicos malos no van a llamar a anunciarse.

—¿Por qué no salimos mañana? —Dice Fernández mientras bajamos las escaleras, al terminar el día—. Todo esto me ha puesto de un humor especial, necesito algo de acción.

Él mueve la pelvis, dejándonos claro qué tipo de acción está buscando.

—No seas imbécil, hay una o dos damas presentes —lo reprende Greg Anderson.

Par de idiotas.

—¿Una o dos? —Chillo.

—Tranquila, fiera —se ríe—. Lo decía porque ya Cashman se ha ido. ¿Qué dicen, nos vemos mañana?

—Estoy dentro —respondo de inmediato, si alguien necesita relajarse, esa soy yo. Además, debería aprovechar el fin de semana para ir a alguna tienda de muebles a buscar al menos lo básico, mi casa requiere intervención inmediata.

§§§

Tras otro día largo y tedioso, estoy más que lista para salir a que me dé el aire y de paso unos tequilas.

¿Confieso?

Bueno pues, confieso.

Me tiene desconcertada el hecho de que Alec no me ha buscado, ni siquiera se ha dignado mandarme un mensaje de texto. En este momento quisiera tener amigas, alguien de confianza para desahogarme y que me diera la perspectiva femenina. Porque si llego a hablarlo con Casper, seguramente querría irle a armar una buena bronca a Alec y no creo que sus huesitos lo resistan. Mi amigo es un buen tipo, pero las actividades físicas no son precisamente lo suyo.

Él hizo que volviera a sentirme viva, viva de verdad. Alec logró que esa llama que se había quedado ahí, dormida, esperando como la princesa del cuento que un hombre apuesto, trepado en su caballo —en este caso de acero—, le diera un beso de amor.

¿Amor?

¿Sé lo que es amor?

Ojalá tuviera a la mano uno de los cuestionarios de esas revistas juveniles que tanto me gustaba comprar, para rellenar casillas y entender qué es esta mierda que me está pasando.

¿Me sentí atraída por él desde el primer momento en que lo vi?

✓ ¿Y quién no?

¿Te provoca mariposas en el estómago?

✓ Sí, del tamaño de unos pterodáctilos alimentados con esteroides.

¿Cuentas las horas para volverlo a ver?

✓ Con demasiada frecuencia, me temo.

¿Te hace reír?

✓ A carcajadas. Y rabiar también, nadie hace salir mi temperamento a flote como él.

¿Tienen cosas en común?

✓ En el fondo, creo que sí, somos dos personas mirando el mismo punto desde ángulos diferentes.

Mierda. ¿En serio pensé en eso?

Estoy jodida.

Amor.

¿Me estaré enamorando de ese idiota?

Amor.

Maldita palabra de cuatro letras, puedo entender por qué le teme tanto la gente.

Venga, vamos por el alcohol, lo necesito más que nunca.

Me emperifollo tanto como puedo, sin llegar a los extremos, unos jeans bien pegaditos, una blusa suelta con unas pocas cuentas bordadas, un blazer negro y unos tacones kilométricos conforman el atuendo, me gusta. Me gusta mucho. Es cómodo y también sexy, espero pescar algo —menos un resfriado, madre mía, ya estoy haciendo malos chistes—, necesito irme a la cama con alguien, a ver si se me quita esto que va a acabar con mi tranquilidad.

Cuando Casper llega por mí, estoy dándole los últimos toques a mi labial, tomo mi bolso y lo sigo, hasta el flamante coche que seguro acaba de comprar.

—¿Lexus? —Le digo al subirme—. Vaya, nos pusimos exquisitos por aquí.

—Uno hace lo que puede, Jordi —responde con el mismo buen humor de siempre.

—¿Hay alguna chica a la que quieras impresionar?

—Algo hay de eso —contesta sin entrar en detalles, centrándose en el camino que acabamos de emprender y yo no pregunto tampoco.

No estoy de ánimos para rollos románticos.

El bar es lo que me imaginé y, además, está atestado. Al llegar a la barra, Anderson y Fernández nos hacen señas para que nos unamos a ellos y Glenn me ofrece el banco en el que estaba sentado.

—¿Quieres una cerveza, Bauer? —Ofrece Fernández y enseguida acepto.

Es muy complicado mantener una conversación en un sitio como este, la música está demasiado alta, pero a mis colegas poco les importa y hablan a los gritos. Cuentan chistes flojos y se ríen, *acabo de volver a la academia.*

—Ahora vuelvo —anuncia Fernández—. Este león se va de cacería. Esa chica de ahí, la del vestido verde está muy buena.

—¿Eso es un vestido? —Pregunto levantando las cejas—. Vaya, pensé que había dejado la falda en casa.

A la mujer por poco se le escapa el trasero por el dobladillo.

—Mejor —acepta justo antes de irse—, menos tela que estorbe.

Lo vemos irse y, en menos de cinco minutos ya está sentado en un rincón, teniendo mucha mejor noche que nosotros.

Y que conste que no es la envidia quien está hablando.

—Entonces, Bauer —corta Greg el hilo de mis pensamientos—. ¿Es cierto lo tuyo con el comandante Trueno?

Casper tuerce la boca ante la mención de Alec, estoy a punto de hacer lo mismo.

—Sólo nos vimos un par de veces, nunca pasó nada entre nosotros. —Si él supiera... —. Vamos en direcciones contrarias, así que lo dejamos ahí.

—Ese tipo es un sinvergüenza —interviene Casper.

Me muerdo la lengua para no decir nada, no quiero meter la pata.

—La verdad es que a mí me cae bien —reconoce Greg—. Conozco a varios oficiales que han trabajado a su servicio y dicen que es un buen comandante. Estricto y exigente, pero bueno, no nos enrolamos para que nos trataran como princesas, ¿verdad?

—A mí me han dicho cosas muy diferentes —replica Casper como un gallo de pelea—. Y lo escuché de muy buena fuente.

—¿Y si mejor cambiamos el tema? —Sugiero, si salí hoy, precisamente fue para olvidarme de él, no para hacerlo el objeto de la conversación.

—¿Alguien quiere algo más de tomar? —Pregunta Casper buscando su billetera en el bolsillo trasero de sus vaqueros y en silencio le agradezco el gesto.

—¡Submarino! —Gritan dos colegas más que justo vienen llegando y todos nos unimos al pedido.

—¡Brindemos por Bauer, que está muy buena y queremos verla en bikini! —Grita Stephen Thomson al servir la segunda ronda de submarinos.

—En tus sueños, cabrón —le respondo apurando mi trago.

—Bauer, tú dices más groserías que un marinero —se burla Anderson.

—¿No será porque soy uno, idiota?

—A veces uno se puede olvidar de que eres mujer, si no estuvieras tan buena —dice Thomson mientras camina hacia mí.

—No me toques —le advierto—. A menos que quieras que te arranque el brazo.

Él suelta una carcajada, levantando las manos en señal de rendición. Lo que me faltaba, mis compañeros ebrios tirándome los tejos.

No, yo necesito algo diferente. Un hombre grandote, varonil, con cara de malo y actitud de delincuente. Eso es lo que me hace falta. No, no estoy pensando en ese al que llaman Trueno ni en la tranca que le cuelga entre las piernas.

Miro a mi alrededor, observando qué se ofrece en el mercado. Al final de la barra, hay un tipo lindo, sonrío, él levanta su copa y yo hago lo mismo con lo que queda de la mía.

—Voy al tocador —le aviso a Casper. Lo que quiero ir es hasta el otro lado y ver qué puedo conseguir por ahí.

—Tranquilo, no serán más de cinco minutos.

Camino entre el montón de gente que abarrota el local, de verdad necesito ir a ocuparme de mis cositas. El chico lindo de la barra se acerca a mí y, a señas, le digo que me espere. Él asiente, indicándome con el dedo, que me aguardará por mí justo dónde está.

Por suerte no hay mucha fila, y en menos de diez minutos estoy lista para darle gusto a este cuerpo coqueto.

Oh sí.

Excepto que mi chico guapo, no aparece por ninguna parte, ¿a dónde carajo se metió?

¿O será que lo aluciné en medio de mi borrachera?

Vuelvo a nuestro lugar, mirando para todos lados y sigo haciéndolo después de un rato.

—¿Todo está bien? —Me pregunta Casper, después de un rato, notándome incómoda.

—Sí, no te preocupes.

Siento algo raro, es como si alguien estuviera detrás de mí, acariciando mi espalda con una larga pluma, en cualquier momento la pasará por mi cuello y tendré que retorcerme. Es rarísimo.

Horas más tarde, los efectos del alcohol comienzan a notárseme, así que bajo un poco el ritmo. Mis compañeros beben como cosacos y yo no tengo tanta resistencia, hasta Casper que es de poco beber, está ya bastante achispado.

—Voy a buscar un taxi para que nos lleve a la base —le digo a Casper cuando ya van a dar casi las dos, estoy más que lista para irme.

—¿Cómo se te ocurre? —Brinca Casper inmediatamente—. Yo te traje y yo te llevo de vuelta sana y salva a tu apartamento.

¡Ja! Como si pudiera.

—Mira el estado en el que estás, más bien tú me trajiste y yo te llevo, nos vamos en taxi o pedimos un Uber, tú decides.

Caminamos hacia la salida y al llegar a la acera, me quito los zapatos, malditos tacones ya me están matando.

—Mira —exclamo al ver el coche amarillo al pie de la acera—. Ahí está un taxi.

—Jordi —responde Casper—. Estoy perfectamente, puedo conducir sin problemas.

Intenta caminar en línea recta, con los brazos levantados a los lados y falla estrepitosamente.

—Si quieres matarte, hazlo por tu cuenta y riesgo, yo me voy sola.

—Jordi, ¿por qué eres así? No seas terca —insiste tomándome del brazo—. Puedo manejar perfectamente.

Señor bendito, ¿a qué hora me metí en este berenjenal?

Casper me toma del brazo, para arrastrarme con él hasta dónde se encuentra estacionado su carro.

—Suéltame —le pido, porque me está apretando demasiado fuerte—. ¡Casper, no voy a ninguna parte contigo!

Unas cuantas personas se nos quedan viendo, alarmados, por supuesto, por el espectáculo que estamos montando en plena acera.

—Jordi, tranquila, en diez minutos estaremos en la base.

¿Diez minutos? Ni que fuéramos volando.

—¡Casper, suéltame! —Exijo, tirando de mi blazer.

Poco me falta para darle con los tacones en la cabeza, a ver si le entra algo de razón.

—Lo haces a tu manera o a la mía —espeta una voz a mi espalda. Una voz que conozco bien.

127

Volteo y ahí está. El comandante Trueno, listo para dar pelea. Y por su cara les puedo asegurar que estamos en alerta naranja.

La borrachera se me pasa inmediatamente.

Una parte de mí se alegra, la otra no deja de preguntarse qué demonios está buscando.

—¡Suéltala! —Le advierte otra vez, fulminándolo con la mirada, aprovechando los buenos centímetros que le saca de estatura para erguirse sobre él. Amenazador como una pantera ante su presa.

Casper me suelta a regañadientes, encogiéndose, tan sorprendido como yo de ver aparecer aquí a Alec.

—Houston —gruñe mi amigo—. Tú no estás invitado a la celebración.

Alec hace como si nadie hubiera hablado, su atención está centrada en mí y, al parecer, también su enojo.

—¿Qué haces aquí? —Pregunto cuando encuentro de nuevo mi voz.

—Buscarte, ¿qué más va a ser? —Explica moviendo las manos.

—Ella está aquí conmigo —grita Casper poniéndosele al brinco—. Yo la traje y yo me la llevo.

—No te vas a ir con ese imbécil, Jordania, mira cómo está, no puede ni levantar los pies.

—¿Crees que no lo sé? No soy idiota, Trueno.

—No estoy borracho —chilla Casper—, sólo un poco *achispado*.

—Me voy en un taxi —le informo, caminando hacia donde están estacionados.

Ahí que se las arreglen ellos como puedan.

—Jordania, no seas terca —dice y su voz suena a advertencia, a amenaza—. ¿Te vas conmigo por las buenas o voy a tener que echarte sobre mi hombro?

—No serás capaz.

Lo miro y él levanta una ceja, listo para recoger el guante que acabo de tirar.

—Jordi, ya encontré las llaves— grita Casper, como si fuera la gran cosa.

Alec lo ignora por completo.

—¿Por qué estás tan enojado? —Pregunto. ¿Cuál es el problema?

Yo, ciertamente, no soy su problema.

—Te dije que no quería que salieras con esos imbéciles a emborracharte, mira la que han armado, ¿qué hubiera pasado si no vengo a buscarte, cómo diablos habrías vuelto a la base?

—Ese no es tu problema, idiota —le grito en cuanto él intenta tomarme de la mano.

—Tú siempre vas a ser mi problema y al parecer mi dolor de cabeza.

—No quiero ser nada tuyo, ni tu dolor ni nada —me quejo.

¡Mentirosa! Me grita una vocecita desde el fondo de mi conciencia, maldita, ¿por qué mejor no se está calladita?

Casper alcanza mi mano y tira de mí hacia él con la poca fuerza que le queda, Alec arremete arrojándolo encima de un coche que está cerca.

Están a punto de irse a los golpes y Casper no va a salir muy bien librado. El comandante Trueno está en modo destructor.

—Vete, tengo esto controlado. —Un intento más.

—Jordania, no me colmes la paciencia.

—¿Qué? —Le reto—. ¿Qué me vas a hacer? Me vas a dejar otra vez tirada en mi cocina.

—Estás comenzando un juego que no vas a poder terminar, preciosa.

129

—¡Déjame en paz! —Vuelvo a gritarle.

—Suficiente, nos vamos, se acabó el espectáculo —dice en voz baja, pero firme—. Este no es el momento, ni tampoco el lugar para resolver nuestros asuntos pendientes.

—Jordi… —escucho gemir a Casper, pobre, está a punto de caerse y estampar los dientes en el cemento.

—Tengo que poner a Casper en un taxi, no puedo permitir que conduzca —le digo, ese es un buen motivo para darme un respiro, no puede ser así de porfiado.

Pero como siempre, él tiene que ser el hombre de la acción.

Se dirige al primer taxista que encuentra y, a pesar de sus protestas y pataletas, mete a los trompicones a Casper en el vehículo.

—¿Mi coche? —Lo escucho chillar—. No puedo dejar mi coche nuevo tirado.

—No te preocupes por eso, Sewell, mañana puedes venir a buscarlo.

—Solucionado lo de tu amigo, ¿nos vamos?

Ganas no me faltan de salir corriendo y subirme en el primer carro que se me atraviese. No lo hago, él está aquí, está aquí por mí y aunque tenemos mucho que resolver, no puedo negar que me alegro de verlo.

—Está bien —acepto asintiendo—. Me voy contigo.

Cedo y la tensión se va, la que ha traído el enojo. Ahora es otra cosa lo que flota en el aire, entre nosotros. Alec me levanta entre sus brazos y camina conmigo, como si yo no pesara nada.

—Esto no es necesario, puedo caminar —le digo en voz baja, ya no tengo ganas de seguir discutiendo, tengo sueño, mucho sueño.

—¿Y maltratarte los pies? —Murmura—. Te lo dije, Jordania, soy un hombre, no un niño. Puedo con esto.

Sé que estábamos hablando de esto de llevarme en brazos, pero de repente tengo la idea de que hemos caído en aguas muy profundas.

Llegamos hasta una camioneta gris oscuro, con los vidrios muy oscuros.

—Agárrate de mí —pide y lo hago inmediatamente, queriendo hundir mi nariz en su cuello, para sentirlo de nuevo, para embriagarme de su perfume, de su esencia que tanto he echado de menos.

Alec saca las llaves y tras desactivar la alarma, abre la puerta y me acomoda en el asiento. Dejándome bien amarradita con el cinturón de seguridad, corre hasta el otro lado.

—¿Por qué viniste, Alec? —Le pregunto mientras él echa a andar el motor.

—¿Es que no lo sabes? —Responde acercándose a mí.

—No, en realidad no. —Tengo mis sospechas, lo que creo —o deseo creer—, sin embargo, quiero que sea él quien me lo diga.

—No necesitas nada de esto, no necesitas venir a un lugar como este a emborracharte, si necesitas un escape, embriágate de mí.

Sus labios tocan los míos, mi boca se abre para recibirle gustosa y estoy lista.

Cambio y fuera.

Regla #12: La verdadera seducción consiste en conquistar su mente y su cuerpo. Que el miedo se convierta en confianza, la ansiedad en deseo y la fantasía en realidad.

Capítulo 12

Qué bien se está aquí, envuelta y protegida en el tibio refugio que me ofrece su abrazo. Lentamente abro los ojos, estoy en una habitación que no puede ser la mía. Estoy en su casa y en *su* cama.

Por fortuna, las persianas están cerradas, así la luz no me molesta y la cabeza tampoco me martillea.

Cierro los ojos otra vez, recordándolo todo, la pelea con Casper en el bar, Alec llevándome en brazos hasta su coche, un beso. No, ese fue *el beso* y también el momento en que me quedé dormida.

Maldito Morfeo, a buena hora fuiste a aparecer.

También recuerdo volver al edificio, rodeada por sus brazos, por su fuerza, por su calor. Recuerdo los besos que fue dejando regados por mi piel mientras me quitaba la ropa.

Y desde ese momento, mi mente está en blanco.

Tanto desearlo, ansiarlo y fantasear con ello, para no tener ni una mugre idea de qué fue lo que pasó.

Jodida suerte la mía.

¿Cómo habrá sido?

Imagino lo que sería sentirlo moviéndose dentro de mí, invadiéndome, haciéndome suya.

¿Tendrá ganas de repetir?

135

Me doy la vuelta, para encontrarlo todavía dormido, si despierto es una bomba, así, completamente relajado es el hombre más guapo que he visto alguna vez. Su mentón ya no está tan bien rasurado, dibujando una suave sombra sobre sus rasgos. Observo con detenimiento las arruguitas que tiene por aquí y por allá que, lejos de menguar su atractivo, le imprimen carácter. Y, ese, sin duda, es su mayor atributo.

Mis dedos pican por tocarlo, por trazar carreteritas en su piel y perderme en ellas.

Pero hay algo que debo hacer primero.

Salgo pitando hasta el baño, que es la primera puerta que encuentro, al salir de la cama, me doy cuenta que no estoy desnuda, sigo vistiendo mi ropa interior, toda ella.

Una sensación de alivio me barre entera, junto con algo, a lo que no quiero ponerle nombre, que se expande en mi pecho.

—Soy un hombre —me dijo anoche y creo que es momento de comenzar a creer que en realidad no miente.

¿En qué más me habré equivocado?

¿Le irían con cuentos chinos a Casper?

Según parece, el apartamento de Alec es exacto al mío, no me extraña, aquí hacen todo en serie. Me siento una intrusa buscando en los cajones por un cepillo de dientes sin estrenar, por suerte, todo está tan ordenado que no tardo en encontrar uno. No hay mucho aquí, justo lo necesario, artículos de aseo básicos y de buena calidad. Lo que no logro hallar es un peine, bueno, con la cantidad de cabello que cubre su cabeza, imagino que no lo necesita.

Ahora a ver qué hago con el mío.

Cinco minutos, algo más recompuesta, estoy lista para volver a la cama, y a sus brazos.

—Me sorprende que pudieras levantarte tan temprano —dice en cuanto me ve entrar a la habitación.

No soy una mujer cohibida, no me molesta mi desnudez, mi cuerpo tiene defectos y los he asumido hace tiempo. Sin embargo, con su mirada recorriéndome entera, quemándome la piel, me siento como una tímida adolescente otra vez.

Mis ojos viajan por su pecho liso, por sus pequeños pezones marrones, por sus brazos y las venas que lo marcan, por las piernas que, la sábana gris que cubre su cama, no me deja ver.

—¿Tienes hambre? —Le pregunto intentando poner algo de distancia.

Lo más saludable es que tengamos una conversación serena y mesurada antes de. Porque estoy segura, así como que me llamo Jordania Marie Bauer, que hoy va a haber un después de.

—Podría comerte a ti —responde esbozando una lenta sonrisa.

—Entonces hazlo, lobo feroz.

La sábana sale volando y, pronto, Alec me levanta entre sus brazos. Con la pared blanca tras de mí, me arqueo para ofrecerle mi cuerpo, para ofrecerme entera.

Aquí, con su boca recorriendo mis llanos y mis valles, me siento deseada, femenina, libre.

Perfecta.

Suya.

Ya llegará el momento de volver a pertenecerme a mí misma, ahora sólo quiero volar entre sus brazos, irme lejos, a ese lugar al que sé que él puede llevarme. Sólo él.

Sus labios siguen bajando por mi cuerpo, hasta que, con mis piernas en sus brazos, me levanta dejando claras sus intenciones.

137

Claras como el cristal.

Su lengua me toca y grito su nombre. Grito por que lo deseo. Grito porque quiero más. Grito porque me abruma y me enloquece.

Porque me hace arder.

Él sigue alimentándose de mi cuerpo, devorando mi esencia, es implacable, tanto, que resulta casi doloroso. Me balanceo al borde del abismo y no tengo otra respuesta, más que ceder a su demanda. Sí, esto es una orden directa. La presión sube y mi cuerpo arde, el nudo se suelta y, arañando sus hombros, me dejo ir.

Mi cuerpo entero se estremece, débil, mientras Alec me deja en el suelo, pero antes de preocuparme por mantenerme en pie, me presiona de nuevo contra la pared, tomando mi cara entre sus manos para mirarme fijamente.

Sus ojos me dicen todo lo que quiero saber.

Alec acaricia mi rostro con una suavidad que me abate y me agobia, delineando la línea de mis cejas, mis mejillas, hasta centrar su atención en mis labios entreabiertos.

—Quiero hacerte tantas cosas —murmura.

—Entonces, ¿qué haces perdiendo el tiempo?

Enredando los dedos en los gruesos mechones de mi cabello desordenado posee mi boca, sumergiendo su lengua, invitando a bailar a la mía. Siento su respiración profunda, mientras me estrecha con fuerza.

Rodeándolo con mis brazos me pego a él, devorándolo con las mismas ansias, frotándome contra su cuerpo y la dureza que todavía se esconde en sus pantaloncillos ajustados. Mis dedos se hunden en sus hombros y él hace lo propio atrapando mi trasero entre sus manos grandes.

De alguna manera, termino con mi espalda en la cama, en tanto, él se deshace de su bóxer y se desliza entre mis muslos, recostándose sobre mí.

Lenta, lenta y decididamente, su cuerpo entra en el mío, invadiéndome.

Se me olvida el antes y el después, centrándome sólo en el aquí y el ahora. En nosotros. En la sensación de placer que aumenta con cada embestida, haciéndome suya al mismo tiempo que él también se vuelve mío.

—Eso es, preciosa —gruñe en mi oído—. Báñame con tu calor.

Su cuerpo domina al mío, con la maestría de alguien que sabe dominar su fuerza, amándome despacio, palmo a palmo. Estoy ansiosa, lo quiero todo. Aprieto su trasero para pegarlo más a mí, entre un gruñido, él se ríe y me da lo que necesito.

—Esto es el paraíso —gime—. Me quiero morir entre tus piernas.

—Alec —grito y con las fuerzas que me quedan araño su espalda, dejando mi huella en él.

Mi aliento se pierde en el éter, en eso tan primitivo y masculino que exhala de su exigencia y de mi rendición.

Sus labios tocan, su lengua moja y sus dientes se aprietan sobre mis pechos, gimo, mis músculos se aprietan y nuevamente el estallido llega.

Alec no se detiene en su búsqueda del éxtasis, me siento como una muñeca de trapo que se deja llevar por el fuego que su control aviva, impidiéndome pensar.

Lo siento en todas partes, su piel se confunde con la mía y el fuego me consume.

—Jordania —grita necesitado, justo antes de dejarse arrastrar por el placer.

Rueda sobre las sábanas, sin soltarme, llevándome con él.

—No hay nadie como tú —susurra besando mi frente.

Es tan intenso, que la burbuja estalla, trayéndome de vuelta de la tierra de la fantasía. Empujándome a la realidad.

—Alec —murmuro—. ¿Qué va a pasar ahora?

—Vamos a desayunar algo y luego volveremos a esta cama —contesta—. No sé tú, pero yo quiero más.

Le doy una suave palmada en el pecho a modo de reprimenda, no me refiero a eso.

—Sabes de lo que estoy hablando.

—Lo sé —reconoce echando la cabeza hacia atrás, cubriéndose los ojos con el otro brazo.

—¿Qué vamos a hacer?

—¿Hay un protocolo para esto? —Pregunta—. ¿Qué dicen tus malditas reglas?

—Que me eche a correr —reconozco con una triste risilla—. Que busque una trinchera en la que esconderme y no salga de ahí jamás. Que un hombre como tú podría acabar conmigo.

Él se mueve para ponerse arriba de mí, mirándome a los ojos.

—No puedes dejar de preocuparte, ¿verdad? —Niego con la cabeza y él continúa—. Jordania, deja que las cosas pasen, hagamos lo que hacen las parejas normales, salgamos a cenar, al cine, a hacer mierdas por ahí. Conóceme y permíteme conocerte.

Mi valor se ha ido, me siento completamente abierta y vulnerable, indefensa.

—Alec, esto es demasiado, tú eres demasiado.

—Lo único que es demasiado aquí es el miedo que tienes —afirma—. Deja de analizar esto, Jordania.

—No voy a ser capaz —acepto, porque es la verdad. Está en mi ser.

—Entonces bésame —ordena—. Ya arreglaremos lo demás más tarde.

—Eres tan mandón —replico fingiendo estar molesta.

No lo engaño ni por un segundo.

—Yo pensé que a estas alturas estarías acostumbrada. Hago lo que me ha pedido y soy gratamente recompensada. Una. Dos. Tres veces.

§§§

—Sabes que van a haber reglas, ¿verdad? —Le digo más tarde, hemos salido de la cama y ahora estamos en su cocina, preparando algo para desayunar.

Bueno, voy a ser sincera. Él cocina y yo hago bulto.

Él se ríe antes de contestar—: No sé por qué, pero lo sospechaba.

—Guárdate la ironía, Trueno —le regaño—. No conozco otra forma de hacer las cosas, tendrás que adaptarte.

Me estiro sobre la encimera para sacar los vasos del estante de arriba, estoy en esas hasta que él me atrapa, impidiéndome hacer otra cosa que no sea verle de frente.

—¿Y qué tal si inventamos unas nuevas reglas? —Dice—. Unas que se adapten a ti y a mí, unas que funcionen para ambos.

—Porque esto está pasando muy rápido, Houston y todavía tenemos un problema, mil de ellos.

—El problema es que tú no confías en mí —espeta y tiene toda la razón.

Ha llegado al meollo del asunto.

—Pues si te tomaras la molestia de explicarme, tal vez yo podría creerte.

—Pues entonces pregunta —suelta—. ¿Qué diablos quieres de mí?

—Que me tengas paciencia, para comenzar.

—Jordania, créeme —dice—, si no te tuviera paciencia, hace rato te habría arrancado la cabeza, cuando quieres puedes llegar a ser verdaderamente desesperante.

—¿Por qué te dicen comandante Trueno? —Pregunto y él se ríe.

—¿En verdad eso es lo primero que quieres que responda?

—Claro —contesto levantando una ceja—. Pero dime la verdad.

—De mí jamás vas a obtener otra cosa.

—Deja de darle vueltas, responde.

—Weston Herrera, uno de mis tenientes y también mi amigo fue el que salió con el invento del motecito —se ríe—. Y que conste, nada tiene que ver con mujeres.

—¿Y entonces?

—Una vez, en unas vacaciones, West inventó un viajecito a La Baja, a un lugar precioso que se llama Cerritos, estábamos agotados después de dos años fuera, todo lo que queríamos era relajarnos y surfear. Todo nos salió mal, Weston hizo mal las reservaciones y nos cancelaron el hospedaje, la comida que llevábamos misteriosamente se nos echó a perder, todo mal, un desastre. Con decirte que ni siquiera encontrábamos olas en las que subirnos, el mar estuvo en calma por tres días seguidos.

—¿Eso que tiene que ver con los truenos?

Vuelve a soltar una carcajada.

—Pues que, en una noche, borracho hasta lo indecible, me puse a conjurar a lo Forrest Gump, al día siguiente nos llegó una tormenta épica, con relámpagos, truenos y toda la cosa…

—Y desde entonces eres el comandante Trueno —susurro y él responde encogiéndose de hombros.

—¿Se ha acabado el interrogatorio? —Pregunta después de algunos minutos de silencio—. ¿Podemos desayunar?

—Sí, muero de hambre, pero la conversación no ha terminado.

—Dios, apiádate de mí.

—No blasfemes —lo regaño.

—No lo estoy haciendo, es en serio, Jordania —replica—. A ver, ¿con qué me vas a salir ahora?

—Verás, he estado pensando. —Se lo voy a decir, así me ganen los nervios lo tengo que hacer—. No quiero que nadie sepa de esto, al menos no todavía.

Alec me mira en silencio, con el cuerpo totalmente tenso, como la cuerda de un arco. Observo sus puños abrirse y cerrarse un par de veces.

Pero no me encojo ni me amilano. No puedo ceder.

—Mírame, Jordania —espeta—. Mírame bien.

Lo hago, de verdad lo hago.

—Ahora dime, ¿cuántos años crees que tengo para ponerme con esas idioteces? —Gruñe—. Dime, a ver, ¿cuántos?

Con ustedes, señoras y señores, el comandante Trueno en todo su esplendor.

¡Que comience la batalla!

Regla #13: A veces, pequeños detalles como un mensaje diciéndole que estás pensando en ella hacen una gran diferencia.

Otras tantas, ella necesita más, sé el hombre que está dispuesto a dárselo.

Capítulo 13

—Quiero que sepas que no estoy conforme con tu decisión, Jordi —se queja Casper mientras me ve recoger algunas cosas de mi apartamento.

Cada vez paso menos tiempo aquí y mucho más en la casa y en la cama de Alec. Entre la falta de muebles y sus demandas, hemos terminado migrando del tercer al quinto piso.

Además, debo reconocer que, desde su pequeña terraza, las vistas son mucho más bonitas.

—No se trata de ti, Casper —respondo algo molesta, sé que Alec no le cae bien, pero, aun así—. Ni tampoco de lo que tú quieras, se trata de mi vida y de lo que he decidido hacer con ella.

—Lo sé, Jordi, y como tu mejor amigo que soy, debo decirte que estoy preocupado —insiste con lo mismo—. Ese tal Houston no es el hombre para ti, espero que cuando te des cuenta, no sea demasiado tarde.

—Es un riesgo que he decido correr —espeto.

Como no cambie de tema, lo voy a tirar por la ventana, ya me estoy hartando. Casper es mi amigo y tengo que agradecerle ser mi leal compañero durante mucho tiempo, él ha estado ahí conmigo en todo momento. Pero hasta el agradecimiento tiene un límite.

—Jordi, estás jugando con fuego.

Lo sé y me encanta, pero me muerdo la lengua y no se lo digo.

—¿No piensas en los chismes de la base, en tu prestigio como futuro comandante? Todos estos chismes pueden llegar también a oídos de tu padre.

Aquella mañana, al exponerle a Alec mis dichosas reglas y que se encabronara como un león enjaulado, llegamos a un acuerdo. Entre los dos decidimos que no íbamos a mantener lo nuestro en secreto, si bien seríamos discretos. Una cosa es negarlo y otra muy distinta es pregonarlo a los cuatro vientos. Ambos somos solteros y sin compromiso, ¿qué tan malo podía ser?

—Los chismes son eso, chismes —suelto—. No voy a detenerme por andar pensando en lo que los demás digan de mí, al fin y al cabo, mientras yo esté feliz el mundo me importa un carajo.

—¿Y eres feliz? —Pregunta muy serio.

Un sí casi escapa de mi boca, pero me detengo al pensarlo mejor. ¿Soy feliz? Lo miro a los ojos, antes de finalmente contestar.

—Lo cierto es que sí —digo con una sonrisa—, por primera vez en mucho tiempo, me siento de verdad feliz.

—Espero que esa felicidad dure para siempre —concluye con algo de melancolía justo antes de cambiar el tema por otro menos espinoso.

§§§

—En mi mano tengo la lista de las embarcaciones que les hemos asignado a cada uno de ustedes, sin embargo, como hemos decidido llevar a cabo algunas otras prácticas de campo primero, tendrán que seguir trabajando a ciegas

—nos informa nuestro instructor con ese tono de voz tan autoritario que tiene, algunos días es tan exigente que casi compadezco a sus reclutas—. Son seis destructores, que, al igual que nosotros, están en etapa de entrenamientos, cuando completemos el siguiente ciclo, estaremos más que listos para salir a altamar. Señoritas, prepárense, no estoy hablando precisamente de vacaciones.

—No me he ido y ya estoy cansado —susurra Greg, quien está sentado a mi lado.

—Tal vez deberías parrandear menos y dormir más —le digo.

Y tal vez yo debería aceptar mi propio consejo, también estoy agotada, deliciosamente exhausta. Esto de tener al comandante esperándome en la cama, con toda su artillería lista para disparar está comenzando a hacer mella en mí. Me hace falta una buena noche de sueño, sin un par de manos que me despierten en la madrugada, rebuscando por todos mis lugares secretos.

Mierda, ya me estoy excitando. Esto va de mal en peor. Alec me está volviendo loca, vivo quebrándome la cabeza pensando en qué será lo siguiente que se le va a ocurrir para sorprenderme. Hemos hecho muchas cosas, vale, mente perversa. Dentro y fuera de la cama, no todo es sexo, por muy bueno que este sea.

Hemos cenado en la sala de su apartamento, a la luz de las velas, alimentándonos el uno al otro con los dedos, despacio. Probando el sabor de la comida en nuestra propia piel. Jamás algo sencillo como la crema batida me había sabido tan bien.

También hemos ido a bailar, al cine y hasta a montar bicicleta. Incluso, Alec intentó un par de veces llevarme a surfear con él, ese fue caso perdido, en esta época del año el agua está muy fría para mi gusto.

—Aterriza, Bauer —llama Anderson mi atención, chasqueando los dedos.

—Estaba haciendo una lista de todo lo que tengo todavía pendiente, ¿sabes cuándo nos van a decir para qué barco debemos planificar?

Como si me estuviera leyendo el pensamiento, el capitán comenta al respecto.

—Esta vez hemos decidido sorprenderlos, queremos que planifiquen pensando en lo que hemos venido trabajando estas semanas, pero que, de igual manera, estén preparados para lo impredecible.

—Señor —chilla Fernández, ya había tardado mucho en abrir la boca—. ¿Cómo vamos a saber los datos exactos si no se nos ha dicho el nombre de la embarcación asignada?

—Imaginación, señoritas, y mucha planeación. Deben atenerse al presupuesto que les hemos de asignar, pero sean inteligentes con el manejo de los recursos. Tendrán una semana para completar su tarea antes de zarpar, hay mucho trabajo por hacer, procuren no perder el tiempo.

—Dígale eso a Bauer, que anda perdiendo el tiempo haciendo novillos por toda la base —se burla el idiota de Fernández mientras yo lo fulmino con la mirada.

—Lo que haga o deje de hacer Bauer en su tiempo libre, no es su problema, teniente Fernández, más bien debería poner sus neuronas a hacer algo más productivo y entregar el proyecto que les había dejado encargado para el lunes, usted es el único que marcha con retraso.

A la mordaz réplica de nuestro instructor le sigue una ronda de abucheos y Fernández, por andar metiendo la nariz en dónde no lo llaman, se queda sin otra opción que replegarse, con el rabo entre las patas.

—¿Estás lista? —Pregunta Alec con una sonrisa, mientras teclea el código en el pequeño panel de la cerradura.

Dios, cómo le queda esa camisa negra que lleva con unos vaqueros oscuros. Me tiene loquita, embobadita. Bebiendo los vientos por él.

—Eres tú el que me está invitando a su hogar soñado —le respondo sonriendo—. Deberías estar nervioso, Tueno, tal vez la casa me guste tanto que decida invadirla y entonces, ¿dime qué vas a hacer conmigo?

—Se me ocurren un par de cosas, la pregunta es si mi chica valiente está lista para ese reto —responde antes de besar mis labios y abrir la puerta.

Y yo estoy más que lista para aceptar lo que venga.

El tiempo ha pasado rápido, ya van más de tres meses, en el calendario ya aparece el mes de noviembre, incluso hemos hecho planes para conocer a su abuela este fin de semana, sé lo mucho que significa para él presentarme a la única familia que le queda. Y, aunque todavía no hemos hablado de amor, pero estoy cada vez más segura de que ese es el mal que me aqueja.

Alec, como el caballero que es, me cede el paso y entramos a un pequeño vestíbulo. Lo que hay ahí me roba el aliento.

La casa no es muy grande, pero está bien distribuida. Con suelos de madera y un gran espacio abierto, techos altos y hasta un aire industrial, todo lo que se ve a simple vista me encanta.

—Wow… —murmuro.

—¿Te gusta? —Y creo que en su voz he alcanzado a notar algo de timidez.

La casa es hermosa y está muy bien ubicada, en pleno centro de San Diego, a una distancia relativamente corta de Coronado y cerca de mis lugares favoritos de esta ciudad.

—Me encanta —respondo y es la verdad—. Ahora que estoy aquí me pregunto, ¿qué diablos haces viviendo en la base? Yo me habría mudado nada más desembarcar.

—Estaba esperando que una chica morena de ojos oscuros quisiera venirme a hacer compañía —dice abrazándome por la espalda, apretándome contra su duro pecho.

Echo la cabeza hacia atrás, apoyándola en su hombro, dándole espacio para que su boca suba por mi cuello y haga en él eso que bien sabe.

—¿No te parece que vas demasiado rápido, comandante? Él se ríe, acariciando mi oreja con sus labios.

—Seamos sinceros, Jordania, pasas más tiempo en mi apartamento que en el tuyo que, dicho sea de paso, se está quedando cada vez más vacío.

Bueno, eso es cierto. Y con respecto a mi apartamento, nunca puse gran cosa en él, si acaso mi ropa y mi preciosa cafetera.

—Alec, no puedes estar pidiéndome que me venga a vivir aquí contigo —replico, tentada a responder que sí.

Sin embargo, esta es una decisión importante, no se puede tomar al vapor. Ni mucho menos en el fragor de la calentura.

—¿Por qué diablos no? —Contraataca.

—Porque compraste esta casa pensando en el futuro, en hacerla tu hogar, ¿qué va a pasar si lo de nosotros no funciona?

—Creo que en lugar de andarnos preocupando por todo lo malo que puede llegar a pasar, debemos trabajar en lo bueno —toma aire y sus manos se abren, abarcando mis pechos con ellas—. Jordania, estoy enamorado de ti y quiero hacer planes a largo plazo contigo. Danos una oportunidad, arriésgate a ser feliz conmigo.

Me acabo de morir.

Muertecita.

—Alec, yo —murmuro, mientras una de sus manos baja y se cuela bajo la cinturilla de mis pantalones.

—Dime que sí, preciosa, arriésgate una vez más conmigo, sé valiente y dime que sí.

—¿No te parece que primero debería decirte otra cosa? —Pregunto moviendo las caderas, buscando sus dedos traviesos y también la erección que se aprieta contra mi trasero.

—No estoy seguro de que me vaya a gustar —replica con una risa que me suena algo amarga.

—¿Entonces no quieres escuchar que también estoy enamorada de ti?

—¿De verdad, mi amor? —Pregunta todavía incrédulo, dándome la vuelta entre sus brazos para poder mirarnos a los ojos—. ¿Es cierto lo que acabas de decir?

—No mentiría en algo tan importante, Alec —acepto antes de buscar sus labios con los míos.

—¿Te vas a venir a vivir aquí conmigo?

—Bueno, comandante Trueno, un paso a la vez, ¿por qué no vemos qué esfuerzos puedes hacer para convencerme?

Sin darme ni siquiera espacio para agregar algo más, toma mi mano y me lleva por la escalera hasta el segundo piso, hasta una habitación que se encuentra vacía.

—Lástima, aquí no hay una cama —le digo, burlándome de él.

—¿Quién necesita una? —Responde volviendo a tirar de mí hasta meternos, dejando un rastro de ropa tras nosotros, tras la mampara de vidrio templado del cuarto de baño.

Nos abrazamos en silencio bajo los chorros de agua saliente, mi piel vibra al ritmo de sus caricias, de sus besos. No se trata de entregarle mi cuerpo, aquí y ahora, estamos compartiéndolo todo.

Poco después, tengo la espalda contra los fríos azulejos grises de la pared, mis manos lo buscan con insistencia y sus ojos me dicen todo lo que necesito saber. Hay momentos en la vida que son importantes, solemnes, trascendentales. Este es uno de esos y ninguno de los dos quiere echarlo a perder con palabras.

El espacio pronto se llena de vapor y de nuestros jadeos, los míos pidiéndole más, los suyos rogando por mí. Una rápida embestida se convierte en dos y estas en una docena, pierdo la cuenta y también el sentido, perdida en él y en todo lo que me da. En su fuerza, en su valor, en su amor.

Alec.

Mis dedos viajan por sus hombros, por las gruesas líneas de tinta que cubren uno de ellos, devorándolo, diciéndole lo mucho que le deseo, lo mucho que lo amo.

Sus manos aprietan mis caderas y el ansia crece mientras el límite se acerca de manera vertiginosa. Esto es demasiado, él es demasiado, el placer, el amor y la necesidad se mezclan impulsándome a volar lejos, atada a él.

—¿Quieres que pidamos algo a domicilio y cenar aquí o quieres que vayamos a algún lugar? —Pregunta después de un rato, cuando estoy frente al espejo intentando hacer algo con mi cabello mojado—. Conozco un buen lugar de pizza en Sea Port Village.

—La pizza suena divino —respondo rápido.

Mis tripitas secundan la moción encantadas de la vida, pero a Alec parece hacerle poca gracia.

—Me acaban de cambiar por comida, qué triste destino el mío —dice entre risas—. Yo que pensaba convencerte para ir por la segunda ronda.

Eso puede arreglarse. Sé exactamente cómo.

—Bueno, comandante —murmuro rodeándolo con mis brazos—. Llévame a comer y una vez volvamos a la base, tal vez decida compensarte.

—Ese, mi vida, es todo el estímulo que este caballero necesita.

—Tú no eres un caballero —digo al sentir sus manos debajo de mi ropa—. Eres un granuja, de los peores.

—Me conoces bien, Jordania —murmura antes de tomar mi boca por asalto—. Me conoces bien.

〴

—Ya decía yo que ese monstruo de camioneta tenía que ser tuyo —grita un hombre vestido con un impecable traje, a nuestra espada.

Justo acabamos de salir de la que será nuestra casa, tomados de la mano.

—*Hermano* —contesta Alec a los gritos, de buen genio—. He estado llamándote, ¿dónde carajo te metes?

El desconocido camina a nuestro encuentro y se saludan con un abrazo de esos que se dan los hombres, con palmadas en la espalda y toda la cosa.

—Entre el trabajo y bebé, cada vez tengo menos tiempo libre, últimamente Ariel duerme muy poco, así que intento comportarme.

—Más te vale, cabrón —le dice Alec—. Que tu sirenita es capaz de cortarte la cabeza.

—Mi sirenita está en modo dragón, así que si la ves, te aconsejo que no oses contradecirla —agrega con una carcajada—. Por cierto, ¿decidiste al fin venirte a vivir con el resto de los mortales?

—Pues parece que después de año nuevo, tendrán nuevos vecinos —contesta con el pecho inflado de orgullo.

—¿Vecinos? —Pregunta el desconocido levantando las cejas—. ¿En plural?

—En plural —reconoce Alec, mirándome a los ojos—. Lance, te presento a mi novia, la teniente Jordania Bauer. Mi vida, este es uno de mis mejores amigos, Lancelot Hills, intenta tolerarlo por mí.

—Eres un cabrón con suerte, ¿de dónde sacaste a esta belleza?

—Que no te oiga tu mujer —replica Alec.

—Nacida en Virginia, criada en muchas partes —contesto, al ver su interés.

Lance frunce el ceño, como si no entendiera qué acabo de decir.

—Hija de militar —explica Alec, encogiéndose de hombros.

—Esto merece una celebración, vamos a la casa, Chase y Roselyn también estarán ahí.

—No queremos ser inoportunos —me excuso con una sonrisa—. Ni echarles a perder sus planes.

—De ninguna manera, son bienvenidos en nuestra casa, a Ariel le va a dar mucho gusto verles.

—Entonces no se diga más.

Aceptamos la invitación y seguimos a Lance hasta la puerta de su casa.

Los amigos de Alec, los que no son militares como nosotros.

Esta sí que es una bola que no vi venir.

Regla #14: Es bueno hacerla sentir que es tuya y, al mismo tiempo, que sigue siendo dueña de su propio ser.
Dale espacio para volar libre, para ser la mujer que es.

Capítulo 14

Las risas pueden escucharse incluso antes de abrir la puerta, junto a la que hay algunas macetas con flores multicolores y cuelga en ella una gran corona con los colores del otoño.

Este, sin duda, es un hogar feliz.

Lance abre la puerta y, con la mano, nos hace señas para que esperemos un poco antes de entrar. Traviesos, como somos, secundamos la sorpresa sin hacernos de rogar.

—Hasta que te dignas llegar —grita un hombre desde dentro, pero en su voz se refleja el buen humor—. Tu mujer ha amenazado con matarnos de hambre hasta que aparecieras.

—Eso no es cierto —chilla la aludida. Desde donde estamos no puedo ver mucho de ella, solamente algunos mechones de su cabello, teñidos de azul —. Por Dios, Holland, no me explico cómo te aguanta la pobre Rosie.

—De pobre nada —replica el hombre—. Yo me encargo de que ella viva feliz.

Una punzada de envidia toca mi vientre, nunca he formado parte de un grupo de amigos así de unido, que se pueda decir insultos juguetones a la cara y seguir conversando como si nada. Aparte de Casper, sólo tengo colegas y eso es harina de otro costal.

Se escuchan los alegres gorgoreos de un bebé, supongo que es el hijo de los dueños de la casa. Estaba en lo cierto, este es un hogar feliz, se huele en el ambiente.

—Te tengo una sorpresa, mi amor —escuchamos decir a Lance—. Mira a quienes me acabo de encontrar.

—¡Tarán! —Exclama Alec en tono juguetón, mientras yo le sigo la corriente y Lancelot, vaya con el nombrecito, nos hace señas para que sigamos a la sala.

La chica de cabellos azules nos mira boquiabierta, desde su lugar en los brazos de su esposo, con un bebé cachetoncito y sonrosado entre ellos, es un niño poseedor de los asombrosos ojos verdes de su madre y con la cabecita cubierta de una fina pelusilla oscura, por todo lo demás, es igualito a su padre. Es precioso. Aunque con esos genes, no me extraña nadita el resultado.

—Vaya, si Lázaro ha resucitado —suelta ella antes de arrojarse a los brazos de Alec, quien por puro milagro la agarra, sin soltar mi mano, antes de que estampe la frente contra la pared.

Qué bueno que el bebé ya está lo más de contento en brazos de su padre.

—Mejor que Lázaro —dice Alec—. Yo nunca he estado muerto.

—La próxima vez que te desaparezcas tanto tiempo, bien podría mandar a alguien a hacer el trabajito —contesta ella muerta de risa—. Tu sobrino ha crecido tanto y te lo has perdido.

—Esa sí es una cosa que lamento —se excusa—. La buena noticia es que después de fin de año nos mudaremos a unas cuantas casas de aquí y podrás regañarme siempre que quieras.

—¿Nos?

Bueno, esa parece ser la pregunta de la noche.

—Oh, por Dios —chilla—. Qué impresión debemos estar dando, lo siento, no solemos ser tan mal educados. Soy Ariel Hills.

—Y esta, sirenita —comenta Alec—. Es mi novia, Jordania Bauer, tu nueva vecina.

Ella da un grito, que por puritita gracia de Dios no nos deja sordos, antes de abrazarme y plantarme un beso en la mejilla.

—Ven, tengo que presentarte, tenemos mucho que hablar —dice Ariel tirando de mí hacia el sillón, donde otra pareja se encuentra sentada mirándonos con sendas sonrisas pintadas en el rostro.

—Tenemos nuevos vecinos —les informa como si ellos no acabaran de escucharlo—. ¿No es emocionante? Por fin Alec se muda a Elemental Lane. Hay que festejar, Lance, saca el vino del refrigerador.

—Ya estoy en esas —responde el aludido caminando hacia la cocina—. Alec, ¿quieres una cerveza?

—Mierda —dice Ariel—. Con la emoción se me había olvidado que sigo amamantando. ¡Lance, olvida el vino para mí! Tendrá que ser limonada.

—Yo te acompaño —le digo poniendo la mano sobre su hombro.

—Demonios —dice Roselyn Holland, la mujer que está sentada en el sillón al lado de su marido, Chase—. Trajeado, que sean tres limonadas, lo que hace uno por solidaridad con el género.

Conversar con ellos es fácil, además de divertido, se nota que su amistad es estrecha y, sin embargo, no me hacen sentir como una extraña.

Roselyn y Ariel me cuentan sobre su empresa y me preguntan mucho sobre mi trabajo, cosas generales, en su mayoría.

—Jordania —dice Lance—. Si alguna vez te cansas de jugar con este pendejo, tengo un hermano que puedo presentarte.

—Jódete, Hills —replica Alec inmediatamente—. Búscale otra mujer a Percival, a Jordania le he amarrado la soga bien apretada al cuello.

—Yo no veo ningún anillo en mi dedo, Trueno —respondo en tono juguetón—. Sigo siendo libre como el viento.

—No me des ideas, Jordania —dice en mi oído, para que sólo yo escuche—. No me des ideas.

—Hasta que encontraste la horma de tu zapato —le dice Chase a Alec—. Me da gusto verte feliz, ya era hora.

—No más que a mí —le responde mi comandante Trueno, pero su mirada se funde con la mía al hacerlo.

—¿Otra cerveza? —Pregunta Lancelot cuando estamos a punto de sentarnos alrededor de la mesa en el ecléctico comedor de los Hills.

—Es todo por esta noche, debo conducir de regreso a la base —responde él, responsable, como siempre. Aunque sé que se muere de ganas de aceptar.

Es un hombre, como me ha dicho, un hombre de verdad.

—Tranquilo, Houston, aquí no tenemos un problema. Sólo he tomado limonada, si quieres, pide la otra cerveza, puedo manejar de vuelta a casa.

La cara se le ilumina al instante.

Dios, está a punto de dejarme manejar a su bebé.

Si no tuviéramos tanto público, le agradecería el tremendo voto de confianza como es debido.

—Hills, ¿dónde está mi cerveza? —Grita antes de besarme ahí, delante de todos.

Después de pasar algo de tiempo con Arthur, el precioso hijo de Ariel y Lance, mi alergia a los niños pequeños ha remitido. No sé si es porque la alegría que siento me ha hechizado o porque por fin, eso que creí que no tenía está haciéndose sentir. Me despido de él, antes de que su mamá se lo lleve a dormir, con el anhelo de que algún día pueda tener algo tan precioso entre mis brazos.

Sé que Alec quiere hijos, cuando lo conocí lo comentó un par de veces, pero no hemos hablado al respecto. ¿Seguirá estando entre sus planes?

Y, lo que es más importante, ¿querrá tenerlos conmigo?

Pasa de la media noche cuando subimos a la camioneta, he estado dándole vueltas a esto desde temprano. Hay algo que quiero hacer y necesito decirlo ahora, antes de que me arrepienta.

—¿Sabes? —Le digo agarrando impulso—. Desde que salimos de tu casa he estado pensando…

—Es nuestra casa, Jordania, acostúmbrate a ello.

A pesar de su tono, su seria aseveración me hace sonreír.

—Bueno, desde que salimos de nuestra casa —vuelvo a empezar con mi discurso, he estado pensando—. ¿Dormimos hoy en mi apartamento?

Él voltea a mirarme fijamente, extrañado por mi pregunta.

—¿A eso le diste tantas vueltas?

—En realidad, sería más como una despedida —explico—, tú sabes el fin de mes se acerca y podría entregarlo e irme a tu casa para principios de mes.

En su rostro se dibuja una amplia sonrisa, por supuesto, encantado con lo que le acabo de sugerir.

—¿Tenemos que esperar hasta fin de mes?

—Siempre puedes intentar convencerme de que sea antes.

—Acabas de decir las palabras mágicas, mi adorada teniente —susurra acariciando mi muslo, aún a través de la pana de mis pantalones color ladrillo, su calor me quema—. Pisa el acelerador, tenemos prisa.

§§§

—Despierta, preciosa —susurra Alec mientras deja un reguero de besos rondando mi cuello—. Tenemos mucho que hacer.

—Es sábado, Alec, hoy no debemos levantarnos temprano —gimo una protesta—. Vuelve a dormirte.

Anoche llegamos casi a la una y después, entramos a trompicones en el apartamento, quitándonos la ropa de cualquier forma, hasta que caímos desnudos, sobre las frías mantas que cubren mi cama.

Las sábanas debajo de nosotros están arrugadas, huelen a nosotros y a sexo. El cuerpo me duele, sí, me duele, pero justo en los lugares correctos, creo que ni siquiera el arduo entrenamiento al que se ven sometidos los SEAL's me habría podido preparar para lo que sucedió entre nosotros anoche, ni tampoco nada podría haberme preparado para lo que es entregarte, en cuerpo y alma, a quién estás segura de que te ama con todo su corazón.

¿Ven? Estoy enferma, enferma de amor y no quiero curarme.

—Agárrate fuerte —me dijo Alec justo antes de que su erección se colara entre mis húmedos pliegues.

¿De dónde pretendía que me sostuviera? El único lugar que encontré fueron sus hombros y confundiendo mis dedos con la tinta que los cubre, me dejé llevar por el éxtasis.

Después de eso creo que me quedé dormida o quizás desmayada, no estoy segura, sólo sé que mi piel no dejaba de buscar el cuerpo húmedo de Alec, mientras él se entretenía en amarme despacio.

—Vamos, mi vida —repite, estirándose sobre mi cuerpo como un gato, abriendo mis piernas con las suyas.

—¿Y así pretendes que me levante? —Le digo en un jadeo.

El mundo deja de girar, el tiempo se detiene, se me olvida el cansancio y también, todo lo demás. Mientras sus rápidos movimientos desatan una impetuosa tormenta en mi interior. Me aferro a él con fuerza, gritando su nombre, rogando por más.

—¿En qué momento pensé que esto iba a ser buena idea? —Le pregunto horas más tarde, mientras cierro la segunda maleta.

Por supuesto, el comandante Trueno, impaciente como siempre. no quiere esperar ni un minuto más para tenerme en su casa a todas horas. A pesar de mis quejidos, se levantó y comenzó a meter mi ropa de cualquier modo, en la primera maleta que encontró en el armario, por lo que tuve que levantarme y cumplir con el encargo.

—Fuiste tú quien dijo que quería irse a casa —contesta—. Yo solamente estoy cumpliendo con tus deseos, mi vida.

—¿Así vas a ser con todo?

—¿Con todos tus deseos? —Levanta las cejas al decirlo—. Por supuesto, mi prioridad es verte feliz.

¿Puede uno resistirse a una declaración como esa? Por supuesto que no.

Lo amo y no me avergüenza decirlo.

—No sé cómo vaya a resultar este asunto de ser ama de casa —le confieso al abrazarlo, con mi cabeza descansando sobre su hombro—. Ayer veía a Ariel moverse de manera tan eficiente, que no sé si voy a poder hacerlo de la misma manera.

No tengo idea de cocina, ni de decoración, soy organizada, sí, pero con eso no es suficiente.

—Jordania —dice en tono firme, tomándome por los hombros para que pueda mirarlo a los ojos, mis manos inmediatamente vuelan a sus brazos, quiero tocarlo, necesito hacerlo.

Lo necesito para respirar.

Él es mi aire.

El viento que hace arder este fuego que corre por mis venas.

—Te elegí a ti porque quiero, fue mi corazón quien decidió amarte, pero ha sido mi voluntad quien ha llevado las riendas, esto no es el impulso de un loco adolescente, no quiero que seas el ama de casa perfecta, sólo quiero que seas tú. Así gritona, de mal carácter, terca...

—Vaya —me quejo, dándole un suave golpe en el hombro—. Si tienes una larga lista con todos mis defectos.

A ver cuándo comienza a enumerar mis virtudes, que unas cuantas también he de tener.

—Y a pesar de ellos te amo —responde con su mirada fija en la mía, sus pupilas irradiando sinceridad—. No pretendo cambiarte, me enamoré de ti por lo que eres, no por lo que espero que seas.

—Dime quién eres y qué has hecho con mi comandante Houston.

Él se ríe, un sonido ronco, que hace vibrar su pecho, y a mí con él.

—Soy el mismo de siempre, Jordania —confiesa—. Sólo que ahora estoy enamorado.

Enamorado de mí.

—No estés nerviosa —me dice mientras cierro la bolsa con mis artículos personales—. Todo va a estar bien.

—¿Cómo lo sabes? —Ay Dios mío, hoy comenzamos las benditas prácticas en altamar, no tengo ni una pista de la embarcación a la que he sido designada, ni una puta idea—. Pueden presentarse mil cosas, Alec, ¿y si resulta que al comandante del destructor no le caigo en gracia?

Él se ríe y camina hasta donde estoy, para estrecharme entre sus brazos.

—Ten confianza en lo que has trabajado, te va a ir bien —murmura acariciando mi espalda—. El comandante que te asignen va a estar encantado contigo, ¿quién podría resistirse a todo esto?

Haciendo énfasis en lo dicho, sus manos viajan hasta la curva de mi trasero, ahora casi oculto por las gruesas capas de tela del uniforme camuflado.

—Vamos, preciosa, si ya terminaste de empacar, te acompaño hasta tu coche, este va a ser un día largo para los dos y no queremos comenzarlo llegando tarde, ¿verdad?

—¿Qué vas a hacer todos estos días sin mí? —Pregunto acariciando los muchos listones de colores sobre su bolsillo izquierdo, denotando todas las misiones en que ha tenido el honor de participar.

Esta es la primera vez que nos separamos por tanto tiempo y me está costando.

Me está costando mucho.

—Algo se me ocurrirá —concluye con un beso.

Media hora más tarde estoy frente al USS Milton, el destructor que nos ha sido asignados a Fernández y a mí, lista para caminar sobre la delgada pasarela como un condenado a morir devorado por los tiburones.

—Okey, Bauer —dice Fernández—. Al mal paso darle prisa, las damas primero.

Maldito cobarde, si me está mandando primero no es por caballeroso, mi compañero está lejos de serlo, él lo que quiere es que vaya a abrirle camino.

Un oficial está esperando nuestro arribo y nos saluda con la formalidad de rigor, dándonos, además, un portapapeles con unas hojas de indicaciones impresas.

—El comandante los está esperando en la popa, con parte del personal —nos indica.

Hay cerca de doscientos marinos formados sobre la plataforma, todos pulcramente vestidos en sus uniformes de trabajo y lustrosas botas negras. Mi mirada pasea por todos ellos, como quien contempla su pelotón de fusilamiento, decenas y decenas de rostros desconocidos.

Hasta que…

—Bienvenidos —grita una voz ronca.

Maldito hombre, tenía que ser él.

Haciendo un esfuerzo titánico por evitar fulminarlo con la mirada, me contengo.

Fernández y yo recorremos la distancia hasta ellos a paso firme, los saludos son efectuados y se sigue con el protocolo.

Al finalizar, quiero tirarme por la borda, esto va a ser una pesadilla. No puedo concentrarme en trabajar con él aquí.

—Buenos días, teniente Bauer —se supone que ese es un saludo formal, pero su tono está lleno de sorna.

—Tú —lo acuso—. ¿Por qué tú?

—¿Acaso creías que iba a dejar que te fueras con cualquier otro?

Regla #15: Se un hombre de pocas palabras. Hay muchas buenas formas de usar tu lengua.

Capítulo 15

Alec Houston está frente a mí con expresión triunfal y no termino de creérmelo.

Él sabe cuánto me importa esto, lo mucho que me ha costado quitarme de encima el estigma de ser la hija de... Ahora, simplemente he pasado a ser la novia de... Mi caso va de mal en peor.

¿Así va a ser mi vida, atrapada entre las voluntades de un par de hombres que no soportan que se les lleve la contraria ni que otro gallo venga a rondar su gallinero?

Lo quiero matar, de verdad que sí. Es decir, entiendo que sea territorial. Vamos, es el comandante Tueno, ¿qué otra cosa podía esperar de él?

Pero esto es muy distinto.

Es mi carrera la que está en juego y él la está poniendo en riesgo.

¿Cómo carajo se atreve?

Esto no se va a quedar así, en cuanto estemos solos me va a escuchar. Sin embargo, antes de que pueda írmele a la yugular, él me canta claritas las normas.

—¿Estás lista para comenzar a trabajar? —Me pregunta levantando una ceja.

—Yo siempre estoy lista, comandante —le contesto con la arrogancia propia de una reina.

—Jordania, a partir del momento en que pusiste un pie en mi barco me convertí en tu superior, olvídate de que soy tu pareja. Estás a mi cargo y vas a cumplir con las órdenes que te dé, no importa lo difíciles que sean o si quieres o no hacerlo. Yo digo que saltes y tú preguntarás qué tan alto, ¿está claro?

—¿Te estás divirtiendo con esto?

—¿Está claro, teniente Bauer?

Bueno, bueno, nos ponemos profesionales.

—Como el cristal, señor —respondo llevando mi mano a la frente.

—Estamos por zarpar —me informa—. Quiero un informe completo del armamento a bordo, ¿tiene la lista completa?

—Sí, señor —contesto formalmente—. ¿Quiere revisarlo ahora?

—Las damas primero, teniente —dice tendiendo la mano—. Adelante.

Esto de liderar el camino no es más que otra prueba, dentro de las muchas cosas que tuvimos que memorizar estaban los planos generales de embarcaciones como esta. Actualmente existen varios tipos de destructores, este, el DDG-69, está clasificado como Arleigh Burke y pertenece al escuadrón numero veintiuno.

Caminamos cruzando un laberinto de pasillos, hasta que, tras bajar una empinada escalera, llegamos a la bodega en que se guarda el armamento. Tomo una lista de mi maletín y comenzamos a revisar punto por punto.

Alec es minucioso, me ha hecho mil preguntas y, después de semanas de estar preparándome, puedo contestarlas sin mucho problema. Aunque debo confesar que me estoy muriendo de nervios.

—¿Se dividieron el trabajo el teniente Fernández y usted, Bauer?

—No, señor. Fernández es flojo, preferí hacer mi tarea sin preguntarle cuáles eran sus planes.

—Mal, teniente. Muy mal —me reprende—. Este no es un deporte individual, aquí es fundamental el trabajo de equipo. No hay lugar para colgarse glorias individuales. Para sobrevivir la guerra debe confiar en su compañero, aprender a dividir las responsabilidades. Cuando sea comandante de una embarcación como esta, usted deberá delegar ciertas funciones en los marinos que van a estar a su cargo, ¿qué piensa hacer entonces, llevar el timón y al mismo tiempo encargarse del cuarto de máquinas?

Mierda, no pensé en eso.

Mi única prioridad era que todo saliera bien, cumpliera o no cumpliera el idiota que me asignaron como compañero de trabajo.

—El lema de este barco es —los demás antes que yo mismo—, téngalo en cuenta, teniente. Muy en cuenta.

—¿Puedo hablar con libertad, señor?

—Adelante —autoriza.

—Señor, con frecuencia el teniente Fernández se olvida de hacer su trabajo, al punto que es el más rezagado de todos los que estamos tomando el curso, a este paso, dudo que apruebe. Temía que si esperaba a que él completara su parte de la planeación podíamos quedarnos sin combustible a la mitad del entrenamiento.

—Entonces su deber es informar al comandante de la unidad para que él se haga cargo —aclara.

—¿Qué pasa en el caso de que sea yo quien comanda la embarcación y uno de mis oficiales incumple?

—Entonces, teniente, usted deberá seguir con el procedimiento. Le gustan las reglas, aplique el manual.

Ay sí, ay sí. Ahora sí le gustan las reglas.

Le llama especialmente la atención la manera en que he decidido organizar todo aquí abajo, le explico que, con mi experiencia en el área de nuevas tecnologías, mi principal interés es mejorar las condiciones en que se navega actualmente, utilizando el mínimo de recursos. Estamos en tiempos de crisis y, a pesar del gran presupuesto que el gobierno le ha asignado a la milicia, para la protección del país, cada centavo cuenta.

Me enorgullece la manera en que presta atención a cada una de mis palabras. Sé que no lo está haciendo como el hombre enamorado que comparte su vida conmigo, como él dijo, aquí es mi comandante, mi oficial superior y, para más inri, el encargado de evaluar mis capacidades como futuro jefe de misión.

—¿Se encargó también usted de la provisión de suministros para la cocina? —Pregunta cuando ya hemos terminado y nos disponemos a volver a subir por la escalera.

—No, señor, esa parte sí que la hizo el teniente Fernández, quería asegurarse de que no comiéramos sólo ensalada por la siguiente semana.

—¿Sabe que no se permiten bebidas alcohólicas a bordo?

—Señor, Fernández es irresponsable y, algunas veces, hasta infantil, pero no creo que llegue a tanto, sabe a lo que se expondría en caso de cometer una falta de ese calibre.

—Me tranquiliza saberlo, teniente.

De nuevo me pide que lidere el camino para dirigirnos ahora al puente.

—¿Tiene las coordenadas?

Tras darle mi respuesta afirmativa, me pide que fije el rumbo, le doy las instrucciones al contramaestre encargado de tal función y, así, emprendemos la marcha con rumbo a mar abierto, dejando atrás la base naval y la normalidad de nuestra vida a bordo de un barco, listo para la guerra.

§§§

Dos días después estoy que me subo por las paredes. No hemos tenido tiempo ni para dormir y, créanme, cuando lo digo es porque es cierto. Nos han despertado dos veces para llevar a cabo simulacros de salvamento.

Además, extraño a mi novio, él se ha ido y, a cambio, me ha dejado al comandante Trueno en toda su magnificencia. Bien me lo dijo, es duro y exigente, pero aquí todo funciona como una maquinaria bien engrasada, el personal le tiene mucho respeto y no duda en cumplir cualquiera de sus órdenes.

—Fernández —llamo a mi colega a los gritos, tratando de hacerme oír en medio del viento y la lluvia—. ¿Qué se supone que estás haciendo?

El idiota se ha molestado más en ponerse a inspeccionar un bote de rescate, que en asegurar el helicóptero que acaba de llegar. Regla básica, primero lo primero y, con el oleaje al que nos estamos enfrentando ahora mismo, debemos darle prioridad al equipamiento.

El bote salvavidas puede esperar, en todo caso, lo revisamos después de la misión que llevamos a cabo ayer, todo está en orden, ¿qué puede cambiar en unas horas?

—Encárgate de lo tuyo, Bauer —responde igual, a voz en cuello—. Estoy ocupado aquí.

Esto me supera, ¿cómo no puede darse cuenta de lo que hace?

—Smith, Durante, Coleman —llamo a tres de los hombres que están trabajando con él, quienes inmediatamente se ponen a mi disposición—. Ayúdenme a desmontar las aspas del helicóptero.

—No se les ocurra moverse hasta que terminen lo que están haciendo —grita Fernández.

—¿Necesitas cinco personas para inspeccionar un bote de cuatro metros de largo? No me jodas, Fernández.

—Ese es mi problema, no el tuyo —replica.

—Bueno, cuando se vaya por la borda un helicóptero de varios miles de dólares, serás tú quien tenga que dar explicaciones al respecto.

Mi advertencia le causa un repentino ataque de risa.

—¿Qué, crees que por ser la hija del famoso almirante Bauer tienes siempre la razón? —Suelta mordaz—. Aterriza, niña, aunque te hayan enchufado en un ascenso que no te corresponde, no puedes tener todo en bandeja de plata.

Poco me falta para írmele encima.

—¿Qué mierda está pasando aquí? —Grita una voz que conozco bien a mi espalda.

—Señor, Fernández y yo estábamos discutiendo sobre…

—Suficiente —me corta antes de que pueda decir una palabra más.

—Fernández, a mi despacho —sisea—. Ahora.

Al pobre pendejo no le queda más remedio que salir corriendo, casi espantado, diría yo.

—Teniente, encárguese del helicóptero y deje a dos hombres haciendo lo del bote.

Mi expresión no puede ocultar la satisfacción que siento de que alguien le haya callado la boca al imbécil de Fernández.

—Quite esa cara de júbilo, sabe que lo que hizo estuvo mal, así en el fondo tenga la razón —me dice en voz baja.

—¿Señor? —Pregunto porque la verdad, no entiendo por qué me está diciendo esto.

—¿Creía que armando un escándalo frente a los marinos que tienen a cargo se solucionan las diferencias entre oficiales? Está usted muy equivocada, ambos ostentan el mismo rango, pero por antigüedad Fernández es superior a usted.

—Pero, comandante, es que... —comienzo a explicarme, pero él vuelve a cortarme.

—¿Le he pedido explicaciones?

Su mirada me deja clarísimo que no está esperando una respuesta.

—En todo caso, debería hacer lo que hago ahora mismo, ¿entendido? —Sí, sí, *don perfecto.*

Estoy que echo chispas, que me presten una de las cuerdas con las que están atando el helicóptero que lo cuelgo del primer poste que me encuentre.

Mascullo una respuesta y sin más, él se larga, dejándome ahí hecha una furia.

—Teniente Bauer —me llama uno de los contramaestres mientras sigo en la proa rato después, esperando que terminen de desmontar las aspas—. El comandante Houston la está esperando en su despacho.

—Enseguida voy —contesto antes de asegurarme que terminen el trabajo y todo quede como se debe.

A ver qué me espera ahora.

Sé perfectamente en dónde está ubicada la pequeña oficina de Alec, pero esta es la primera vez que vengo hasta aquí. Doy un par de suaves golpes a la puerta y espero la indicación para entrar.

Él me está esperando ahí de pie, parado al pie de su escritorio, con los brazos cruzados sobre su ancho pecho.

—Dios, te extrañé —dice en cuanto cierro la puerta a mi espalda, cerniéndose sobre mí.

—No te atrevas a ponerme la mano encima, grandísimo pendejo.

Él se queda paralizado, evaluando el estado de mi enojo con los ojos brillantes, como si en el fondo esto le resultara la mar de divertido.

—¿Quieres pelear conmigo? —Murmura, tomando mi mano para ponerla en la firmeza que se esconde entre sus pantalones de camuflado azul—. Deja que te suba al escritorio, mi vida, tendremos un combate cuerpo a cuerpo.

—En tus sueños, idiota —respondo intentando quitármelo de encima.

Alec suelta mi mano, sin embargo, el alivio me dura poco. Él se centra en buscar el cinturón que reglamentariamente debo llevar con los pantalones de trabajo.

—Suéltame —chillo.

Ojalá no fuera tan fuerte, pero estoy lista para darle pelea.

No, mente perversa.

No de la manera que él espera.

—Jordania, tengo ganas de hacer esto desde hace dos días, agradece que no te haya desnudado cuando apareciste en la cubierta de mi barco.

—Pues qué bueno que te quedaste con las ganas, igual que ahora. Comandante, si no tiene otro tema que tratar conmigo, me retiro. —Me doy la vuelta, dispuesta a abrir la puerta, bueno, porque no contaba con que sus agiles reflejos me iban a impedir hacerlo.

—Todavía no hemos terminado —advierte comenzando a desenrollar el estirado recogido que siempre llevo con el uniforme.

—Déjame ir —chillo otra vez, pero mi cuerpo me traiciona, frotándose contra él.

Contra su dureza.

—¿Sabes lo mucho que te deseo? —Sisea en mi oído, haciéndome estremecer—. Lo mucho que te amo.

—¿Por eso me avergonzaste frente al personal? No me jodas, Trueno.

—Mi vida, pero es que sí te voy a joder, de la manera que te gusta, por cierto —responde—. Ahora, en referencia a lo que pasó en cubierta, tenía que hacerlo, tu actitud fue poco profesional, por muy equivocado que estuviera Fernández esa no era la manera de proceder.

—Pero es que él —me quejo.

—Ya me he hecho cargo del pusilánime.

Su explicación me alivia, no lo suficiente para ceder, en todo caso no lo suficiente. Al menos no todavía.

—Sabes que nunca debes desautorizar a un oficial delante del personal que tiene a su cargo, está mal, Jordania, eso ocasiona que le pierdan el respeto y eso, al final, erosiona la cadena de mando.

Bueno, en eso tiene razón, mi comportamiento no fue impecable.

—¿Quién puede contra ti? Porque al terminar con Fernández hiciste exactamente lo mismo. Humillarme.

—No —responde bajando el cierre de mi pantalón—. No fue lo mismo y lo sabes, yo no armé un espectáculo, los hombres que estaban cerca podrán especular acerca de lo que te dije, pero de ninguna manera te contradije, ni te he humillado, antes me corto los huevos.

—¿Quieres que te preste mi cuchillo?

Todavía no voy a bajar las manos, la pelea es hasta el final.

—Así me gustas, Jordania —gruñe mientras sus dedos comienzan a buscar entre mis piernas—. Luchadora, combativa, eres valquiria. La mujer que me tiene loco.

—La que te va a dejar eunuco a la primera oportunidad que tenga.

El maldito tiene el descaro de reírse. *De reírse.*

—¿Qué, ahora me he convertido en tu payaso particular?

—Escúchame bien —dice mientras me da la vuelta, todavía entre sus brazos—. Que se te grabe esto bien en esa cabecita que tienes, jamás vas a ser el objeto de mi burla, eres mi mujer y como tal siempre te voy a dar tu lugar.

Siento el borde frío del escritorio contra mis nalgas e instintivamente me agarro de él. Alec se deja caer, de rodillas frente a mí.

—Este es mi lugar, hincado frente a ti, adorando a mi diosa —me mira al decir esto. Mis ojos son incapaces de dejar los suyos.

Lo veo inclinarse hacia adelante, para adorarme, para que su lengua encuentre ese sitio que espera por él, caliente y húmedo.

Esto era lo que me hacía falta, porque, aunque siga furiosa con él, también yo lo he echado de menos.

Fin del comunicado, el comandante necesita privacidad.

Regla #16: Puedes tener secretos para llevarla a la cama, pero una vez en ella, no puedes guardarte nada.

El peligro siempre ronda a quienes tienen algo que ocultar.

Capítulo 16

En mi vida me he alegrado tanto de divisar tierra firme otra vez, al desembarcar, casi beso el suelo. Me siento sucia y apestosa, a pesar de que a bordo el camarote que me asignaron disponía de una ducha privada, hay que economizar recursos. Así que ahora todo lo que necesito es un baño largo y caliente, una botella de vino —o dos— y unas buenas doce horas de sueño, de preferencia seguidas y sin interrupciones.

Antes de salir, Alec me avisa, enviándome un corto mensaje de texto, que debe quedarse a bordo para revisar la documentación. Creo que ha sido una manera sutil de decir que va a evaluar nuestro desempeño, pero como quiera, eso es algo normal y no hay que perder de vista que estábamos trabajando.

Todavía bien guardado en el fondo de la bolsa de mano, escucho sonar mi celular. La musiquita es inconfundible, me apresuro a contestar, es mi padre. ¿Quién más iba a tener semejante sentido de la oportunidad?

—Jordan, por lo visto ya estás en tierra —lo escucho decir a modo de saludo.

—Desde hace cinco minutos —respondo con voz cansada. Emulando su misma actitud.

De tal palo tal astilla, dicen por ahí, ¿no?

—Espero verte en tu apartamento en una hora, teniente.

Adiós a mi largo baño y a mis bien merecidas horas de descanso.

—Señor. —Aquí vamos, si no se había enterado, lo va a hacer ahora mismo—, hace días ya no vivo en el alojamiento que me había sido asignado, ahora estoy compartiendo otro con el comandante Houston.

Aunque no le confieso que sigo teniendo la llave guardada en algún cajón de la cocina.

—¿Por qué diablos hiciste eso? —Suelta bastante enojado.

—Porque es mi vida, así tú no lo entiendas y tengo derecho a tomar mis propias decisiones.

Lo escucho suspirar al otro lado de la línea, seguramente rogándole a la fuerza que rige el universo por una dosis de paciencia.

—Te llamo en media hora, cuando haya concertado un lugar para reunirnos, estate preparada.

Cuelga antes de que pueda decir adiós siquiera y, con la esperanza de ese descanso que tanto anhelo y necesito, destrozada, me dirijo al apartamento para al menos asearme como es debido.

Resignada a reunirme con mi padre, me visto con mi uniforme de diario, esmerándome especialmente en mi arreglo. No quiero que se note ningún signo de debilidad, él lo odia y, a decir verdad, yo también.

—Pasa y siéntate —me ordena mi padre en cuanto entro a la oficina que ha conseguido para que nos reunamos.

Ni un beso, ni un abrazo, ni nada por el estilo.

¿Dónde quedó el padre que me dijo, antes de abordar aquel avión en Pearl Harbor, que mi felicidad era lo más importante para él?

Ahora entiendo por qué carezco de instinto maternal, con este ejemplo, lo extraño resulta que no sea yo un témpano de hielo.

—¿Qué haces al lado de un hijo de puta como Houston? —Suelta mi padre bastante enfadado.

¿A qué viene esta mierda?

¿Por qué se refiere en esos términos a Alec?

No me importa lo que piense, da igual. Lo que yo crea es lo único que interesa. Y Alec Houston es el hombre que amo.

El hombre con quien he decidido compartir mi presente y también futuro.

—Creo que estoy bastante crecidita para tener que darte explicaciones al respecto, mientras estuve viviendo bajo tu techo acaté cada una de tus órdenes, ahora yo pago mis deudas y también mis gastos, la manera en que decida llevar mi vida privada no es asunto tuyo. Nunca lo ha sido y ahora no vamos a empezar con eso, no soy una niña.

Ahí está, la verdad sea dicha.

—¿Es que no piensas en tu carrera? —Pregunta a los gritos, bastante exasperado—. ¿En tu futuro?

—Precisamente porque pienso en todo eso es que estoy con él, Alec es un hombre del cual puedo sentirme orgullosa, si a ti no te gusta, entonces ese es problema tuyo, no mío.

—Jordania, no me provoques —advierte.

—Señor, si no tiene otro asunto que tratar conmigo, le pido permiso para retirarme —digo levantándome de la silla.

—Permiso denegado —suelta—. Te sientas, te callas y me escuchas. En ese orden, Jordan, ahora.

—Puedes hablar todo lo que quieras, si decido prestarte atención, será harina de otro costal.

—Silencio —espeta—, porque estoy a punto de perder la paciencia, he hecho un viaje muy largo para venir a verte.

—Si lo que quieres es que te explique la naturaleza de mi relación con el comandante Houston, estás perdiendo tu tiempo, busca algo más en que entretenerte mientras estés en la ciudad.

Unos ojos tan oscuros como los míos, me fulminan. Mi padre no es del tipo de hombre que se amedrenta y yo tampoco, ambos lo sabemos. Claramente furioso, camina, con ese porte tan regio que lo caracteriza, hacia el escritorio, toma un sobre de manila y me lo pone entre mis manos temblorosas.

—Entonces explícame, ¿cómo es que llegaron hasta mis manos estas imágenes?

Sin entender una palabra de lo que está diciendo mi padre, abro el sobre, ahí encuentro una serie de fotografías.

Es él.

Soy yo.

Santo Dios.

¿De qué se trata todo esto?

Y lo más importante de todo, ¿por qué?

Regla #17: Ninguna batalla vale más que esa en la que luchas por ella.

Capítulo 17

Unas manos frías se posan sobre mi cuello, las manos de mi padre. Mientras que yo, sigo observando, una a una, y con detenimiento, las fotografías que me ha entregado.

Somos Alec y yo. Intimando.

Creo que ni siquiera he podido pestañear, este es un golpe bajo. Uno que, sin lugar a dudas, jamás me esperé.

La frustración, la vergüenza y, sobre todo, la rabia, comienzan a arremolinarse en mi pecho. Fraguando una tormenta que está a punto de estallar.

Mis ojos se llenan de lágrimas, aunque no son de tristeza, estoy demasiado enojada para eso.

Y por ningún motivo me voy a derrumbar delante de mi padre.

No le voy a dar el gusto.

—¿De dónde salió esto? —Es lo primero que se me ocurre preguntar y, aunque no pueda pensarlo bien, es lo más lógico.

—Alguien lo dejó en el buzón afuera de mi oficina —informa.

—¿Dime quién carajo te mandó esta mierda? —Grito, dejando salir las emociones que llevo dentro.

—¿Acaso importa eso?

—Claro que importa, quiero saberlo todo, todo —vuelvo a gritar—. ¿Me estás escuchando? Todo.

Mi padre da un par de pasos, alejándose del lugar en el que sigo sentada.

—Lo cierto es que no lo sé —admite sin voltear a verme—. El sobre no estaba sellado por el correo y por supuesto no había un remitente escrito en él.

—No entiendo quién carajo pudo tomar estas fotos.

—¿Pero es que te queda alguna duda? —Espeta, ahora sí, girándose para enfrentarme.

—Jordan, esas fotos fueron tomadas desde dentro de la habitación, ¿quién más pudo ser sino el imbécil de Houston?

—Me resulta increíble —tengo que confesar, a pesar de lo dolida y encabronada que estoy, sigo sin poder creer que Alec actuara de esa manera.

Él lo sabe, claro que lo sabe.

Mil veces se lo dejé bien claro. Mi carrera es importante, así como también mi reputación.

En la milicia el buen nombre lo es todo.

Todo.

—Compruébalo por ti misma.

Vuelvo mi atención a las imágenes que siguen todavía sobre mi regazo. Tristemente, observo una a una. Es cierto lo que dice, todas han sido tomadas desde el interior del que fuera mi cuarto y desde un mismo ángulo.

Seguramente quien las tomó ocultó una camarita por ahí, en dónde nunca la descubriera.

La pregunta sigue siendo la misma. ¿Quién?

No sé si sea algo para agradecer, pero por fortuna, en ninguna de ellas se me muestra completamente desnuda. La calidad de la imagen es muy baja, aunque se distingue perfectamente que se trata de mí. En una de ellas sólo se ve mi espalda mientras estaba sobre él, a horcajadas.

En otra, mi expresión al llegar al éxtasis entre sus brazos, sentados sobre la cama. De ese calibre son las fotos, Alec y yo al desnudo. Literalmente.

Esta es una pesadilla, tiene que serlo.

Por favor, que alguien me pellizque y me despierte.

¡Ahora mismo!

¿Por favor?

—Tengo que hablar con Alec —mascullo, desconcertada.

—Tú no tienes nada que decirle a ese imbécil y mucho menos algo que escuchar, en este momento vas a firmar el oficio que tengo aquí mismo para apoyar la denuncia penal.

—¿Denuncia?

¿De qué se trata todo esto? Pero si yo no soy menor de edad y, definitivamente, no se trató de violación. Ese no es el caso.

—Esto es divulgación de hechos privados, en los cuales se ha involucrado a un oficial. Tú no estabas enterada de nada de esto, es conducta deshonrosa, Jordan. Suficiente motivo para llevarlo a corte y que le den de baja, sin honores.

—Papá —murmuro—, pero es que tengo que hablar con él, Alec no debe tardar en llegar a nuestra casa.

—Esa no es tu casa —grita—. Y deja de decir que vas a hablar con ese imbécil, perdió ese derecho al actuar de semejante forma tan baja. Si por mí fuera, lo mandaba arrestar en este mismo instante, pero hay procedimientos que debemos seguir.

—No me importa tu opinión, este es mi problema y como tal, debo ser yo quien lo resuelva.

Rápidamente y, sin ningún cuidado, comienzo a meter las fotos en el mismo sobre en que me fueron entregadas. Alec tiene que ver esto.

Intento levantarme, apoyándome con los brazos de la silla, hasta que las manos de mi padre me detienen.

—Se convirtió en mi problema en el momento en que ese sobre llegó a mis manos —gruñe—. Te vas a quedar ahí sentadita y vas a escuchar todo lo que tengo que decir, después de eso, estamparás tu firma en el documento y nos encargaremos de acabar con Houston como lo que es.

—¡No! —Chillo, importándome muy poco si mi voz se escucha hasta afuera del despacho—. Este es un asunto personal.

—Despierta, Jordania Marie, abre los ojos —grita él también—. Ahora mismo todo el mundo puede estar recibiendo esas imágenes por correo electrónico, es tu nombre el que está en juego, pero no te olvides que llevas mi apellido.

—De eso se trata, ¿verdad? —Le acuso—. De tu maldito apellido, ¿sabes que tengo unos días francos? Las Vegas está a cuatro horas de aquí, puedo casarme y ahí mismo cambiarlo por otro que me resulte más conveniente.

He sido cruel apropósito, si fuera hombre, en este mismo momento mi padre me estaría tocando los cojones y, eso, es algo que de ninguna manera pienso permitir.

No le importa mi carrera, ni siquiera el dolor que esta situación me está causando, todo lo que quiere es salir impoluto en caso de que estalle un escándalo.

—Voy a llamar a Sewell, sigue siendo tu amigo, ¿no? —Me informa con la autoridad de quien está acostumbrado a impartir órdenes a diestro y siniestro—. Él vendrá y me ayudará a convencerte, no me explico por qué no me advirtió a tiempo, todo este mierdero pudo ser evitado. Tú, mi única hija involucrada con un don nadie como Houston. Por favor, Jordan, esperaba más de ti.

Sus palabras me hieren como una daga en el pecho. No, estoy mintiendo. El cuchillo ya está ahí, clavado desde hace años, pero con cada frase que sale de su boca, lo mueve, haciendo sangrar la herida, que es cada vez más profunda.

—No es necesario que llames a Casper —digo, ahora sí, levantándome de la silla—. Me voy de aquí.

Mi voz es tan firme como mis actos, lo reto a que se atreva a detenerme.

—Jordan —espeta.

—No, papá —respondo—. Esto es entre tú y yo, puedes ordenar que me detenga, pero sabes que no lo haré. Prueba amarrarme a la silla, voy a gritar tan fuerte, que tiraré las paredes abajo a gritos, si lo que quieres es evitar un escándalo, me vas a dejar salir de esta oficina y manejar esta situación en la forma que yo estime conveniente.

—¿Es que tienes relleno el cerebro de serrín? —Me acusa al ver que he tomado la decisión—. Da lo mismo, puedo hacerlo sin ti, en cuanto asuntos internos se entere y tome cartas en el asunto, su carrera va a estar terminada, considéralo fuera.

Puedo ser tan terca como él, al fin y al cabo, soy sangre de su sangre y, cuando a un Bauer, se le mete algo en la cabeza, que el mundo se prepare.

Levanto la barbilla y nuestros ojos se encuentran, en los suyos veo brillar el enojo de quien experimenta la frustración que trae la impotencia y, en los míos, seguramente que prima la determinación.

Salgo de la oficina, cerrando la puerta suavemente tras de mí. Ignorando las miradas que me lanzan algunas personas a mi paso, sigo caminando erguida, con la espalda recta, aunque por dentro me esté rompiendo a pedazos.

Al llegar al apartamento, el dique se rompe. Con la espalda pegada tras de mí, caigo al piso en medio de un llanto que me resulta agónico y también catártico, a partes iguales.

Lloro por mí y por lo que está pasando, lloro por mi padre y por lo que hizo. También lloro por Alec y por lo que está por sucederle, porque si conozco al almirante Bauer de la manera en que lo hago, sé que no va a quedarse cruzado de brazos, así como así.

¿Cuál es la solución a todo este embrollo?

¿De qué manera podemos resolverlo y salir bien parados de todo este enjambre de avispas?

Vaya, he sido generosa, esto es el apocalipsis.

Con sus cuatro caballos y todo.

Me niego a creer que el hombre que ha dicho amarme sea el cerebro detrás de todo este horror, me niego. Algo muy dentro de mí me dice que estoy en lo correcto, algunos dirán que es mi corazón, pero, aunque niegue tener uno, la voz sigue ahí, gritando, insistente.

Tengo miedo de lo que pueda perder, verdadero pánico.

Y no, no es solamente de mi carrera de lo que estoy hablando. Temo por mí, por él y por nosotros. En medio del torbellino de preguntas que atormenta mi cabeza, dos preguntas se repiten constantemente, ¿Quién? Y, ¿por qué?

Cuando por fin Alec abre la puerta del apartamento, me encuentra todavía ahí, en el piso tirada, con las fotos rodeándome, llevo rato mirándolas, tratando inútilmente de encontrar una pista entre las sombras.

—¿Jordania? —Lanza la pregunta al aire, antes de que las botas de su uniforme de trabajo aparezcan en mi campo visual.

Él se queda unos momentos ahí de pie, frente a mí, observando en silencio todo lo que tengo alrededor.

—¿Qué es esto? —Pregunta agachándose para tomar una de las fotografías.

Su gesto se tuerce, sorprendido y disgustado.

No, eso es demasiado tibio, hay algo más que eso.

—¿De dónde salieron estas cosas? —Insiste—. Jordania, ¿de dónde sacaste estas fotos?

Ahí se queda, mirándome, mientras yo soy incapaz de hacerlo.

—No lo sé —murmuro cuando finalmente encuentro mi voz.

—Vas a tener que darme más que eso, preciosa —dice en voz suave, casi tierna, pero eso no esconde su tono firme—. Jordania, ¿de dónde sacaste estas fotos?

—Me las entregó mi padre hace un rato —por fin logro contestar.

—¿Quién se las dio? —Sigue con el interrogatorio.

—No lo sé, Alec, no lo sé —susurro, casi ahogándome con cada palabra. Cada vez más débil, más cansada—. Mi padre está furioso, quiere procesarte para que te den de baja de la armada.

Ahora lo sé, la certeza cae sobre mí como una avalancha. Esto es el amor, cuando te preocupas más por el bienestar y la seguridad de la otra persona que de ti mismo.

—¿Qué?

—Tiene un oficio que quería que yo firmara, acusándote de divulgación de hechos privados y de conducta impropia en contra de un oficial. Alec, mi padre dijo que lo haría de una manera o de otra, él va a acabar contigo.

—Jordania, esto no sólo me afecta a mí, ¿qué va a pasar contigo? —Me encojo de hombros, restándole importancia al asunto.

Seguramente mi padre se encargará de retratarme como la víctima de un canalla vividor y aprovechado, me relegarán a una oscura oficina en algún edificio olvidado de la mano de Dios. Me van a tratar como a alguien que tiene una enfermedad contagiosa.

He perdido mi honor y, para un militar, eso vale más que su vida.

—¿Qué más da? —Digo finalmente.

—Esto no se va a quedar así —sentencia finalmente.

Mete en el bolsillo de su uniforme una de las fotografías y se levanta, luego busca algo en la cocina, antes de salir de casa dando un portazo, dejándome aquí, sola y sin consuelo, porque su enojo puede más que él mismo.

Regla #18: Lucha por lo que de verdad quieres. Así estés sediento y agotado, casi derrotado, levántate y sigue luchando. Al final ella será tu recompensa.

Capítulo 18

Alec

Nunca me he considerado un hombre con suerte. Esa mierda no existe. Suerte es lo que tú mismo te labras, lo que logras con el sudor de tu frente.

Muchos dicen que he sido afortunado, les digo que no. Me importa muy poco si me tildan de arrogante, pero sé lo que he vivido, lo que me ha hecho quien soy hoy en día. ¿Azar? Opciones más bien. Las mías eran claras y, solamente, dos.

Convertirme en alguien productivo o dejarme arrastrar por el medio y terminar por ahí, en alguna celda, encerrado de por vida.

Muchos adolescentes se rebelan al crecer, ese no fue mi caso. A pesar de que disponía de un montón de energía, intenté seguir los preceptos con los que mis abuelos me criaron. El esfuerzo y la fatiga son las únicas maneras de subir. Si esperas a que todo te caiga del cielo, entonces morirás sentado y sin un peso en el bolsillo.

Además, debía reconocer que tenía una gran deuda que pagar. Ese fue el primer motivo que me impulsó a enlistarme, ganarme limpiamente un buen dinero y asegurarles una buena vejez a quienes lo dieron todo porque mi infancia fuera feliz.

Tras la muerte de mis padres, mis abuelos paternos se hicieron cargo de mí, ofreciéndome el consuelo y el cariño que tanto necesitaba y que, me había sido arrancado tan de repente, junto con mi familia.

No, no piensen mal, no hay ninguna conspiración tras la muerte de quienes me trajeron al mundo. La mierda pasa, la gente se emborracha y no tiene el suficiente sentido común para ceder el volante y, por consiguiente, inocentes perecen.

¿Qué consuelo me queda? Pensar que allá, en el lugar en el que se encuentran, me miran con orgullo. Eso es todo lo que tengo, eso y unos cuantos recuerdos que se me figuran cada vez más borrosos.

Así que pues, nunca consideré que la suerte había tocado mi vida.

Hasta que la conocí a ella y todo cambió.

¿Qué fue lo que me hizo voltear a verla?

No voy a mentir, no tengo necesidad de hacerlo, fue su trasero que, firme y redondito, se contoneaba frente a mis ojos, cubierto únicamente por un pequeño bikini a rayas rojas.

¿Demasiado directo? No, soy sincero que es diferente. Ella estaba inclinada, lista para lanzarse agarrada de una cuerda y saltar al agua.

Sí, sin duda eso me atrajo como una polilla a una llama, pero hubo algo más.

Con Jordania siempre hay algo más.

Le solté unas cuantas frases trilladas y, en lugar de comportarse como la típica chica que se encuentra uno en un bar cualquiera, ella salió al quite, lista para dar guerra, como la valkiria que es.

Eso es lo que me tiene enamorado como un imbécil, la fuerza que esconde tras esas altas barreras con las que se ha rodeado, para protegerse, toda su vida.

Cuando ella tenga miedo, yo seré su roca. Cuando tenga frío, mis brazos estarán para abrigarla. Cuando las dudas la ahoguen yo me convertiré en su aire. Ella me da todo lo que necesito, más de lo que se hubiera atrevido a imaginar un don nadie como yo.

La primera vez que entré en su cuerpo comprobé que el paraíso sí existe y, supe, que haría lo que fuera por seguir perdido en la intensidad de sus ojos oscuros. Por tener todas las noches ese largo cabello negro sobre mi almohada y su perfume colándose entre las sábanas.

Me hechiza la manera en que dice mi nombre, es como si estuviera dándome la bienvenida, pidiéndome un beso y rogando porque le haga el amor. Todo al mismo tiempo. A veces tengo que guardar las manos en mis bolsillos, para contener la urgencia de tocarla inapropiadamente. Sí, he vuelto a ser un adolescente con las hormonas revolucionadas.

Me extraña que en el último examen físico no me diagnosticaran con el mal de Príapo.

Y, sin embargo, eso no es todo.

La he visto luchar, aferrarse con uñas y dientes al sueño que persigue, sin soltarlo, ni dejarlo ir. Han intentado tumbarla, desanimarla y, ahora, alguien intenta destruirla. Pero primero tendrán que pasar por encima de mí para conseguirlo.

Me importa un bledo la baja, soy un hombre de gustos sencillos y, aunque tenga que vender la casa que acabo de comprar, sobreviviremos. En este mundo uno conoce mucha gente, con mis contactos, es seguro que no tardaría más de un par de horas en conseguir un nuevo empleo.

No tengo miedo de ensuciarme las manos para proveer a mi familia. Mi abuelo me enseñó bien, hombre que se respete cumple con la regla de las dos P, proveer y proteger. Lo he hecho desde que me convertí en un adulto, no voy a cambiar quien soy ahora. Mucho menos teniéndola a ella a mi lado.

Por Jordania vale la pena luchar, daría hasta la última gota de mi sangre por verla feliz. Feliz y segura.

Tengo planes para el futuro con ella, grandes planes. Este desastre no va a impedirme que los convierta en realidad. Pronto ella tendrá mi anillo en su dedo y mi apellido bordado sobre el bolsillo de su uniforme.

Pulso sobre la pantalla de mi teléfono el mismo número por décimo quinta vez, pasando saliva, tratando de deshacerme del nudo que tengo en la garganta desde que la encontré tirada en el piso del apartamento echa un mar de lágrimas.

Pude haberme quedado con ella para consolarla, pero más que eso, Jordania necesita salir impoluta de todo este mierdero. Aunque mis manos terminen manchadas con la sangre del que hizo esto.

Porque pienso matarlo con mis propias manos.

—Hasta que por fin contestas el puto teléfono —refunfuño a quien responde al otro lado de la línea.

—Buenas, comandante Trueno —dice, tan burlón como siempre—. ¿Olvidaste que estoy franco estos días o es que joder con tu novia te fundió los fusibles?

No es momento para bromitas, ni estoy de humor para aguantármelas.

—¿Dónde diablos estás? Necesito que vengas a la base inmediatamente.

—¿Es algo importante? —Él sabe que sí, no lo llamaría si ese no fuera el caso.

—Weston, reúnete conmigo en el apartamento de Jordania ahora mismo.

—Mierda, Houston, estoy ocupado —dice, quejándose, a lo lejos escucho la risa de una chica.

Maldito Weston, no puede mantener la bragueta cerrada. Esa costumbre lo va a meter un día de estos en unos cuantos problemas.

—Weston, se trata de Jordania —sin más rodeos, lo pongo al tanto de lo que está sucediendo.

Su disposición cambia inmediatamente, sé que en unos cuantos minutos estará aquí, dispuesto a ayudarme a aclarar todo este embrollo en el que alguien nos ha metido.

Saco del bolsillo de mi uniforme la foto que traje conmigo y comienzo a buscar en la casi vacía habitación de Jordania la maldita cámara.

No tardo ni dos minutos en encontrarla oculta dentro del ducto del aire acondicionado, de repente me siento como un idiota, un pobre pendejo. No puedo creer que alguien, utilizando recursos tan burdos como este nos meta en semejante lío. Si hubiera sido más precavido, esto no estaría sucediendo. ¿Pero a quién se le ocurre buscar en su habitación por cámaras o micrófonos ocultos, sobre todo en un sitio como este? Estamos en una base naval, por el amor de Dios.

La cámara es un dispositivo inalámbrico que se conecta a la red de manera automática, he visto *gadgets* como este anteriormente, puedo hacer un par de llamadas y ver qué logro averiguar.

Contactos.

Lo malo es no tenerlos y más cuando se está metido en una situación tan desagradable como esta.

Tocan a la puerta y el sonido de los fuertes golpes hasta me resulta reconfortante. Ha llegado la infantería, Weston va a ayudarme a resolver este mierdero y, cuando lo haya hecho, voy a volver a casa y a la cama con mi mujer.

Pero al abrir no es a mi segundo a cargo a quien encuentro ahí.

—Comandante Houston —dice uno de ellos saludándome como corresponde—. Acompáñenos por favor.

Vaya, el almirante Bauer seguramente habrá tenido que jugarse todas sus cartas para moverse tan rápido.

Weston aparece a mi derecha, corriendo por el corredor vestido de civil.

—¿Señor? —Insiste el contramaestre.

—Un segundo, por favor. —El suboficial asiente, aunque no retrocede ni un paso. Le doy la mano a West diciéndole lo primero que se me ocurre—. Encárgate de Jordania.

Herrera sabe a qué me refiero, él y yo hemos trabajado juntos durante muchísimo tiempo como para que me malentienda. A pesar de su mirada preocupada, él sabe lo que debe hacer a continuación.

—Llamaré a Benson —lo escucho gritar mientras los otros tres uniformados me escoltan hacia la comandancia de la base naval.

Se acabaron los preliminares. La guerra acaba de empezar.

Regla #19: Una mujer perdona, pero nunca olvida. Piensa en ello la próxima vez que estés cerca de hacer, o de decir, algo realmente estúpido.

Capítulo 19

Dicen que el piso no es un lugar precisamente cómodo, sobre todo, si se está mucho tiempo sentado en él. En este momento, por extraño que parezca, me resulta reconfortante.

Siendo sincera, tampoco tengo la fuerza necesaria para levantarme. Alec se fue hace horas, no ha vuelto y, con cada minuto que pasa, mi angustia se vuelve mayor.

Algunos se preguntarán por qué sigo aquí, otros tantos dirán que estoy siendo una tonta por creer ciegamente en que él no está detrás de todo esto. El resto pensaría que si mi padre lo dice es por algo, que debe tener razón.

¿Estoy siendo débil? ¿Crédula? ¿Ciega? Tal vez, sin embargo, estoy siguiendo lo que me grita el corazón. Si hubieran visto sus ojos sabrían, tan bien como yo, que Alec, mi Alec, no tiene sus manos metidas en esta mierda.

Es que, por más vueltas que le doy, no encuentro ni una sola razón para querer hacerme tanto daño. Ni una sola.

En cambio, me ha dicho muchas veces que me ama, que me ama de verdad. Las palabras se las lleva el viento, lo sé, pero los actos permanecen toda la vida. Él se ha esforzado tanto por conquistarme y lo sigue haciendo cada día. En cada sonrisa, en cada mirada, cada vez que toma mi mano, siento que esta conexión es real, eterna, indestructible.

¿Puedo darle la espalda a todo eso?

¿Puedo darle la espalda a la otra mitad de mi alma?

¿A mis creencias y a mi fe?

Dejaría de ser quien soy y es algo que no estoy dispuesta a hacer, incluso en un momento como este. Ni siquiera ahora. No, no puedo.

Contemplo la falda de mi arrugado uniforme como quien ve una curiosidad por primera vez. Ahora mismo, estas capas de tela ajada son una buena analogía de lo que será mi vida después del escándalo que seguramente no tardará mucho en desatarse. Podré seguir adelante, pero ya no será lo mismo, los estigmas siempre permanecen, son cicatrices que envejecen contigo, marcándote de por vida.

¿Te parece derrotista mi actitud? Tal vez, para mí es realismo. Al pan, pan. Y al vino, pues vino.

Sin embargo, antes de ahogarme en el vaso de la autocompasión, primero debo hablar con Alec. Algo me dice que esto, más que ir contra mí, es un ataque en su contra.

Alguien lo quiere fuera.

La pregunta sigue siendo, ¿quién?

Llaman a la puerta y, mi primera impresión es salir corriendo a abrirle, pero no, no puede ser él. ¿Por qué tocaría en su propia casa?

Quien sea que está afuera, insiste en el llamado, de mi boca sigue sin salir una palabra.

—¿Jordi? —Es la voz de Casper desde afuera—. Jordi, ¿estás ahí?

Antes de que pueda responder, la cerradura gira y, quien ha sido mi mejor amigo durante años, entra en el apartamento que comparto con Alec por primera vez.

No tarda mucho en encontrar el lugar en el que estoy, bueno, no es como que haya mucho dónde esconderse,

¿verdad? Aunque Alec ha amueblado completamente la casa, no pasa de ser tan grande como una cajita de cerillas.

—¿Qué haces aquí? —Le pregunto después de algunos segundos de silencio.

—Venir a verte, por supuesto —responde antes de explicarse un poco mejor—. Tu padre me llamó, está preocupado por ti.

—Y furioso también —agrego, segura de eso.

—Lo conoces bien —acepta—. ¿Jordi, qué haces aquí, por qué no estás empacando tus cosas?

—¿Perdón? —Aquí vamos.

—Jordi, estoy de acuerdo con tu padre, tienes que salir de la vida de Houston inmediatamente, mira todo el lío que ese sinvergüenza ha armado, tu carrera va a ir en picada, ¡vamos, te ayudo a levantarte!

Las manos de mi amigo me toman por los brazos, tratando de ponerme en pie. No es la primera vez que lo hace, sin embargo, sus dedos me queman, dentro de mi pecho un nudo de aprensión me impide respirar.

Vamos embarcados en un tren sin frenos con dirección a un barranco.

Jordania, cálmate, me repito una y otra vez. Necesito cada pizca de control que pueda acumular.

—Puedo sola —le digo tratando de esconder mi incomodidad.

—¿Necesitas ayuda para empacar?

—No voy a irme, Casper —exclamo todo lo firme que puedo ser en un momento como este.

—No puedo creer que digas algo así, ¿es que acaso no te das cuenta de lo que está ocurriendo?

El tono frío en la voz de Casper hizo que un escalofrío me recorriera completamente.

—Casper, nada de lo que está pasando es culpa de Alec.

— ¿Es que no viste las fotos que ese tipo tomó de ustedes dos juntos? — Ahí estaba de nuevo, algo en su mirada que era desconocido para mí.

—Estoy segura que él no lo hizo. De verdad que no lo creo.

Casper aprieta sus manos contra sus ojos antes de pasarlas a lo largo de su cara.

—Esto es increíble, Jordi, pero si esta clarísimo —dice alzando un poco la voz—. Fue él. Tuvo que ser él.

—Sigo sin creérmelo.

Los nudillos de Casper se vuelven tan blancos a causa de lo fuerte que aprieta ambas manos formando puños, ¿cómo puedo hacerle ver que Alec no era el que estaba tratando de hacerme daño? Sé que esto es lo que está causando su reacción.

¿O me equivoco?

—Jordi, las fotos fueron tomadas desde dentro de la habitación, ¿qué más prueba quieres?

Espera…

—Casper, tú… tú las has visto? —Pregunto tartamudeando avergonzada, avergonzada al pensar que mi mejor amigo me ha visto en esa situación tan íntima, algo que sólo debía ser entre Alec y yo.

El primero de muchos que faltan, no me cabe duda.

Dios, esto apenas comienza.

—No —corta, al darse cuenta de mi reacción—. Tu padre me lo ha dicho.

Bueno, menos mal.

—Casper, si Alec está detrás de todo esto, ¿no hubiera sido más fácil ocultar la cámara en su habitación? —Hasta él tendrá que reconocer que ese es un punto justo—. ¿No hubiera sido más fácil hacerlo en la suya?

Él titubea antes de contestar—: Pues, pues no lo sé, no estoy dentro de la mente de ese degenerado. ¿Nos vamos?

—No, Casper, si quieres vete, Alec debe estar por volver y quiero esperarlo.

En realidad, lo que quise decir es *déjame sola*, hay algo aquí que no me gusta, tal vez no sea nada, pero ¿por qué siento que estoy hablando con un desconocido y no con mi mejor amigo? Necesito hablar con Alec, además debo hacer unas cuantas llamadas lo más pronto posible, conozco un par de abogados y ahora que he dejado mi estado de autocompasión, debo ponerme en marcha, algo podremos hacer.

Casper se rasca la cabeza, caminando de un lado a otro. Parece un globo al que le siguen echando aire. De un momento va a explotar y no tengo la menor idea de cuáles serán las consecuencias.

—Jordi, hay cosas que tú no sabes de Houston.

Esto corta el rumbo de mis pensamientos, he intentado ser diplomática, quiero que deje de imponerme su voluntad y se largue por una buena vez.

¿Qué no ve que estoy ocupada?

—¿Cómo qué? —Espeto ya bastante irritada.

Estoy segura que hay mucho de él que no conozco, de eso se encargará el tiempo.

¿Qué sabe Casper que yo no?

—Tu padre se opuso al ascenso de Houston a oficial, casi lo logra, pero Houston fue hábil, había hecho buenas amistades y no dudaron en apoyarle, es un tipo hábil moviéndose en los círculos superiores, hizo bien su lobby.

Estoy segura de que eso es una mentira, mi padre no hubiera dudado en restregármelo en la cara. Y Alec, él no podía haberse quedado callado, no en algo tan importante.

Sin embargo, Casper… ¿Por qué lanza acusaciones como esta?

¿Qué gana él de todo este embrollo?

No quiero pensar mal, pero es que me lo está poniendo cada vez más difícil.

Mi actitud ha cambiado, ahora estoy lista para dar batalla. Ninguna guerra se ha ganado deponiendo las armas.

Soy militar, un marino, para más señas. Lo llevo en la sangre.

La expresión de Casper también cambia, ahora se torna dura. Está preparando algo, aunque no sepa que.

No me gusta ni un poco.

—Ese imbécil no va a poder regresar en un buen rato —gruñe, la rabia comenzando a hacer mella en sus gestos—. Ya lo han arrestado, tu padre se ha movido rápido.

—Entonces también yo debo hacerlo —agrego mientras corro a buscar mi teléfono, es momento de llamar a los refuerzos—. Alec me necesita.

—Déjalo, Jordania —Grita Casper zarandeándome por el brazo.

—Suéltame, ¿qué estás haciendo? —Forcejeo, a pesar de lo delgado que es, ha resultado ser sorprendentemente fuerte.

—Vas a venir conmigo —advierte—. Tienes que venir conmigo.

—¡No! —Insisto—. Mejor suéltame antes de que alguien escuche los gritos y mal interprete la situación.

—¿Qué? —Pregunta levantando las cejas—. ¿Quieres que esto se haga todavía más grande? Yo en tu lugar lo pensaría mejor, teniente.

Su tono me pone de punta los pelos de la nuca, esto ha sonado a amenaza y no me gusta ni un poco.

—¿De qué mierda estás hablando?

—Jordi, escucha —dice en tono tranquilizador, como quien le habla a un animal enjaulado—. Sólo yo puedo ayudarte ahora, todo se solucionará si vienes conmigo, anda, vamos para que recojas algunas de tus cosas y salgamos de aquí. Yo cuidare de ti, te lo prometo.

—¡Casper, no! —Replico—. ¡Suéltame!

—No me colmes la paciencia —su voz es una dura advertencia, jamás lo había visto así.

—Si Alec está detenido, entonces tengo que hacer algo.

Y estoy más que dispuesta a afrontar el reto.

—No lo puedo creer, después de todo lo que he aguantado, de lo que he hecho, de lo que hemos pasado juntos. ¿Eso es todo lo que te importa?, ¿Él?, ¿Cómo puedes confiar más en él que en mi? —Casper ha perdido el norte por completo, está diciendo puros disparates—. *¡Tienes que creerme a mí, no a ese hijo de puta que no te merece!*

—¿De qué estás hablando, Casper?

Que haga el favor de explicarme porque no entiendo ni una palabra de lo que ha dicho.

—Eres un espíritu libre, Jordi —empieza—, nadie más que yo puede entenderte. Le aconsejé muchas veces a Glenn que necesitabas mano dura, pero él no era el hombre indicado para ti y tuve que intervenir.

Mi pulso se detiene. Juro que lo hace.

—¿Hiciste qué?

—Vamos, Jordi, bien lo sabes. Glenn es un ser sin carácter, fácilmente manipulable, te hice un favor al quitártelo de encima.

—¿Los golpes que recibí también fueron un favor? —Todo regresa como una avalancha, pero ahora el dolor se ha transformado en algo más.

—Dicen que la letra con sangre entra y tú eres demasiado terca —responde encogiéndose de hombros, restándole importancia a todo aquello tan horrible—. Bien dicen que lo fácil no vale la pena, tú me has dado una buena batalla, pero es momento de que reconozcas tu derrota, de toda tu vida tu error más grande ha sido no darte cuenta de lo que siempre has tenido frente a ti.

—Casper, déjame ir — Ahora me doy cuenta, Casper se ha vuelto completamente loco. Su amistad una simple mascara tras la cual escondió su obsesión por mí todos estos años—. Si hablamos como adultos, seguramente podremos solucionar este malentendido.

—Bien —acepta sin dejar ir mi brazo—, hablaremos cuando estemos lejos de este inmundo lugar, vamos a la habitación para que recojas algo de ropa, todo lo demás te lo daré yo. Vas a vivir en una mansión, como la reina que eres, no sé cómo aceptaste vivir en este cuchitril.

Asiento y en silencio caminamos hasta el cuarto. Una vez ahí contemplo la que ha sido nuestra cama por este tiempo que ahora se me antoja brevísimo.

—Y nada de trucos, Jordania —advierte—, que te conozco bien.

Una vez en el cuarto recojo varias cosas del peinador, tratando de dejar algunas señales que sólo a Alec le sean perceptibles.

Como un camino de migas de pan.

—Vamos, apúrate. —Me urge tirando de mí hasta el armario—. Empieza a empacar.

Saco de los ganchos un par de vestidos de diario y mi uniforme, no es que esté cediendo a lo que quiere, más bien estoy buscando la oportunidad de atestarle un buen golpe y salir pitando de aquí.

Además, hay algunas respuestas que todavía necesito.

—Fue un plan inteligente, lo acepto. —Ahí va, he arrojado la carnada—. Todas las sospechas caerían inmediatamente sobre Alec, una venganza siempre resulta el mejor motivo.

Una sonrisa se dibuja en sus labios, altiva, orgullosa. Qué tonta he sido, ¿cómo no me di cuenta antes?

—¿Acaso esperabas menos de mí? —Acepta con chulería—. Aunque debo admitir que fue demasiado fácil. Conseguir la llave de tu departamento no trajo ningún problema, sólo necesité de la presa correcta, un conserje endeudado.

—¿El conserje te la dio? —*Sí, anda, dime más, cuéntamelo todo.*

La arrogancia es manejable. Ay, Casper. Por algo la soberbia es uno de los siete pecados capitales.

—Pobre sujeto, otro débil manipulable —al decirlo se ríe—. Tengo dinero, ¿sabes? Desde hace tiempo se lo presto a quien lo necesite, a un alto interés, por supuesto. Lo cual ha resultado ser muy rentable para mí, la gente paga con dinero y también con información y favores. Fue bastante simple mover algunos peones para hacerle llegar el sobre a tu padre.

Maldito, maldito. Mil veces maldito.

Lo quiero descuartizar con mis propias manos. Todavía no es el momento, llegará, estoy segura.

Calma, Jordania. Concéntrate.

—Inteligente —lo alabo—. Siempre me han gustado los tipos inteligentes. ¿La cámara también la instalaste tú mismo?

—Claro —responde—. No podía permitir que nadie más entrara a tu habitación, bastante tuve que contenerme al saber que *él* estuvo en ella… en tu cama.

Mira la cama con verdadero asco, con repugnancia e indignación, como si en ella se hubiera cometido una ofensa gravísima en su contra.

Suspira y me mira antes de agregar—: Además, no podía confiar esa labor tan importante a cualquier idiota, si quieres algo bien hecho tienes que hacerlo tú mismo, ¿no es esa la filosofía que siempre has seguido? Congruencia, mi querida Jordi.

Cierro los ojos un momento, tomando aire, debo seguirle la corriente un poco más, todavía hay información que quiero que suelte.

—¿Por qué ahora, Casper? —Eso quiero saber—. Si esperaste tantos años, ¿por qué no esperar un poco más?

Su expresión vuelve a cambiar mientras sus ojos azules se enturbian.

— Soy una persona que siempre consigue lo que quiere Jordi, al precio que sea. Y no hay nada que desee más que a ti. Pero Houston te envolvió con sus mentiras, con sus falsas promesas, haciéndote comportar como una perra en celo desde que lo conociste. —Esto es repugnante, ¿hasta dónde ha llegado la mierda que tiene en la cabeza? Con cada palabra que dice hago un esfuerzo grande por no vomitarle encima—. Sé que planeabas irte a vivir con él en la casa que tiene en el centro y ha mandado a hacer un anillo que te regalaría para navidad.

¿Cómo ha logrado averiguar tantas cosas?

Esto es escalofriante. Aterrador.

—¿Te habrías conformado con tan poco? —Continúa—. Con ese imbécil no vas a conseguir más que baratijas. ¿Es que acaso no reconoces tu valor, Jordi? Yo te voy a tratar como a una emperatriz. Eso ha quedado atrás, olvídalo, ya nada de eso importa porque ahora, solo somos tú y yo.

Esto es demasiado, es apabullante. Aterrador.

—Casper, Alec me ama, él sabrá hacerme feliz.

Su brazo zarandea el mío tan fuerte, que choco con la pared a mi espalda.

—¡Nadie te ama tanto como yo! —Grita—. Sólo yo puedo adorarte de la forma en que mereces, sólo yo puedo darte lo que necesitas para ser feliz. ¿qué no lo ves?

—Casper, te quiero, claro que te quiero —trato de tranquilizarlo—. Eres mi amigo, el mejor del mundo mundial.

—Eso no es suficiente —exclama —. Eres mía Jordi, siempre has sido solo mía y ya me cansé de ser un simple espectador mientras tú cometes error tras error, ha llegado el momento de que te des cuenta de que yo estoy aquí para hacerte ver la realidad.

—¡Estás loco! —Le digo perdiendo la paciencia y porque es verdad.

Levanta la mano derecha y me da una bofetada, siento inmediatamente el sabor metálico de la sangre impregnando mi boca.

—¡Mira lo que me has hecho hacer! No quería lastimarte, Jordi, pero no entiendes razones. ¡Soy tu salvador! —Aclara poniéndose muy tieso—. Alguien tiene que imponerte algunas reglas. Necesitas algo de control, Jordi. Aunque me duela reconocerlo eres una mujerzuela, es por eso que necesitas a un hombre con carácter, me necesitas a mí. Ya te lo dije, sólo yo puedo amarte como te mereces, soy el único que puede darte lo que necesitas para ser feliz.

Maldito loco obsesivo.

—Primero muerta que en tus brazos —chillo.

Es ahora o nunca, Casper ha perdido la cabeza por completo.

Alzo la pierna y le doy un golpe en la entrepierna con todas mis fuerzas, se lleva una mano ahí, tratando de protegerse. Aprovechando su posición vulnerable le doy otra patada, esta vez en las costillas y se tuerce a causa del dolor.

El cabrón se lo merece.

Lástima que no tenga tiempo para quedarme y rematarlo.

Tengo que salir de aquí.

Corro hacia la sala, hasta que el tacón de mi zapato cede, provocando que doble mi tobillo, chillo a causa del dolor. Esto no va a detenerme, es mi vida lo que está en juego. Alguien tira de mi cabello y sé que, muy a mi pesar, he perdido la oportunidad.

—¿Jordania? —Grita Alec mientras entra al apartamento y se envara al ver que Casper está aquí.

Me alegra tanto que esté bien, que esté aquí por mí. Pero lo que más me reconforta es saber que no ha venido solo.

Por el rabillo del ojo veo a un hombre de cabello oscuro deslizarse por el muro que separa al salón de la cocina. Seguramente está buscando una mejor posición.

La atención de Casper está tan centrada en Alec que dudo mucho que se haya percatado de la presencia del otro sujeto.

—No pudiste llegar en mejor momento —espeta, dirigiéndose a Alec—. Jordi, acaba de tomar una decisión definitiva. Bueno, nena —dice pasando la lengua por mi mejilla, la bilis me sube por la garganta, que asco—. Haré realidad tu deseo después de todo, porque de aquí no vas a salir viva

Es entonces, cuando siento el frío del metal deslizarse lentamente desde mi pecho hasta llegar a la cabeza, helándome hasta la médula. Casper, mi mejor amigo, el chico que me consoló en mis peores momentos y que festejó mis triunfos. El hombre que siempre tuvo una palabra de aliento, el que decía que enfrentaría sin dudarlo a mi padre está dispuesto a matarme. Y no es un juego.

Bajo los párpados un instante, en mi cabeza todos los escenarios posibles se desencadenan rápidamente.

Al abrir los ojos, mi mirada se encuentra con la de Alec, el me tranquiliza sin decir una palabra, mientras yo le transmito mi determinación a través de la mía. Rogándole en silencio que confíe en mí.

Tengo un plan.

Respiro profundo

Me preparo para lo que sea que vaya a venir. Nunca he dejado que nadie pase sobre mí, nunca me he doblegado ante nadie y no pienso hacerlo hoy. Alec asiente, de manera casi imperceptible y luego se lanza hacia delante.

Casper inmediatamente, como acto reflejo, le apunta con el arma.

—¡Quieto, Trueno! —Le advierte—. Ella ha elegido la muerte antes que compartir su vida conmigo, con su verdadero amor. Es algo que pienso cumplirle, pero antes te mueres tú.

—Yo que tú, me lo pensaba mejor —dice una voz desconocida y puedo sentir cómo tras de mí, Casper se tensa completamente, después se escucha el martilleo de un gatillo.

—Jordi, ojalá hubiéramos tenido más tiempo. En nombre del amor es que debo hacer esto.

Y después todo se convierte en un pesado silencio.

Game over.

Regla #20: No tengas miedo a poner su felicidad por delante de la tuya, cree lo que te digo, la recompensa valdrá la pena.

Capítulo 20

Creo que me he acabado más de una caja de pañuelos desechables y sigo llorando. El cuerpo me duele, la garganta me arde y, aun así, soy incapaz de detenerme. Ha sido demasiado. Un golpe intenso, uno que no esperaba.

Uno que buscaba demoler mi entereza.

Acabar con mi fuerza.

—Está todo listo, teniente —me informa el hombre que tengo enfrente—. Ya puede firmar su declaración.

Aquí estamos, horas después, sentados en unas incómodas sillas de plástico frente a un escritorio en una oficina del centro de comando de la base, cumpliendo con los trámites.

Le doy un repaso a la hoja, prestando especial atención a todo lo que ahí se dice. Lo sucedido ha sido de verdad penoso, a la par que doloroso.

—Sigo sin poderlo asimilar —le digo a Alec, quien tiene la mano puesta sobre mi muslo—. Desde que salimos del apartamento no me ha soltado ni por un instante.

—Tranquila, mi vida —susurra—, en unos momentos saldremos de aquí, entonces podrás volver a casa para darte un baño largo y caliente. Deja que yo me encargue de todo.

—Alec, no quiero volver ahí.

No, a su apartamento no. Han pasado ahí ya muchas cosas, no tengo la fortaleza para revivir esos momentos, al menos todavía no.

—Perdone que me meta, comandante —dice el capitán encargado de asuntos internos—, en la base contamos con un hotel, es sencillo, pero por esta noche puede funcionar.

—Pueden irse a mi casa —escuchamos intervenir a otra persona.

¿Es él o lo estoy soñando?

—¿Almirante Bauer? —Me doy la vuelta sin acabármelo de creer, *¿qué hace él aquí?*

—Hija —dice con suavidad, casi con miedo—, si Houston y tú necesitan un lugar para quedarse pueden hacerlo en mi casa.

—¿Por qué? —Pregunto, siendo directa, no estoy para rodeos.

—Porque me he equivocado y aunque me es difícil pedirte perdón, debo hacerlo Jordania. Es hora de reconocer que eres una mujer adulta, que sabes llevar tu vida y que sabes decidir lo que es mejor para ti.

Lo miro boquiabierta, sin saber qué decir. Jamás en mi vida lo había visto así, tan humilde, tan vulnerable, es que parece casi humano.

—Papá… —murmuro cuando logro encontrar mi voz.

—Entiendo si Houston y tú se sienten incómodos de venir conmigo, pero la verdad, es algo que espero que hagas también para mi tranquilidad —al decir esto deja ir una triste risa—. Nada más me gustaría que saber que mi única hija está durmiendo segura bajo mi techo, aunque sea una vez más.

—No quiero ir a ninguna parte sin Alec.

Y es la verdad.

También una advertencia, porque ahora mismo no creo ser capaz de dar un paso si él no está a mi lado. Lo necesito, lo necesito conmigo.

Y porque, además, si es cierto que va a respetar mis decisiones, que comience por asumir que Alec y yo estamos juntos. Para siempre.

—Hija, Houston es bienvenido —acepta—, mi casa está abierta para ambos, incondicionalmente.

Y con eso se ha dicho todo.

Horas más tarde, yacemos acostados sobre la cama de invitados de mi padre, todavía lo bastante conmocionados para poder conciliar el sueño.

—¿Cómo lograste salir tan rápido? —Pregunto—. Casper me dijo que te habían arrestado.

Respira profundo antes de contestar—: No tenían ni una sola prueba en mi contra, en todo caso, yo salía tan mal parado como tú con la publicación de esas fotos. En la base todo el mundo sabe de lo nuestro. Weston llamó a Benson, un amigo abogado con buenos contactos, él se encargó de todo.

—¿Crees que Casper logre evadir lo que viene?

Él se ríe, seguramente ya tiene un plan.

Claro que lo tiene.

—No, Jordania —admite—. A tu amigo le espera un largo tiempo tras las rejas, sus delitos son bastante graves, ni el mejor defensor podrá librarlo de esta.

Una parte de mí —una muy pequeñita— se entristece por el amigo que perdí, aunque a estas alturas debo reconocer que nunca lo fue. Esa era la máscara de un loco obsesivo.

Y hablando de obsesión…

—Alec —le digo—, todavía no salgo del asombro, Casper incluso sabía lo de la casa que compraste.

—Maldito hombre —refunfuña—, no sabe lo que le espera. No me importa si tengo que mover cielo, mar y tierra, pero él no va a salir por mucho tiempo de la cárcel. Tu padre está de acuerdo conmigo en eso.

Santo Dios, ¿será que debo comenzar a preocuparme por esta nueva alianza?

—Alec, también estaba enterado de lo del anillo.

Eso sí lo agarra en curva, no se lo esperaba.

—Puedo despedirme de mi sorpresa —responde haciendo un gesto bastante curioso con la boca antes de suspirar—, se supone que ese iba a ser mi regalo de navidad, ya deben tenerlo listo.

—Gracias por tomarte tantas molestias para hacerlo especial, sabes que no era necesario.

Él me mira muy serio, tomando mi rostro con ambas manos.

—Preciosa, sé que te conformarías con un anillo de esos que vienen en las cajas de cereal, pero quiero que lleves el resto de tu vida ese anillo en tu dedo, sintiéndote orgullosa de que esté ahí.

¿A dónde se ha ido el comandante Trueno?

Este hombre es tan dulce que está a punto de hacerme llorar.

—Estoy orgullosa de ti, Alec, y me sentiré honrada de ser tu esposa el resto de mi vida.

Él es lo único que necesito.

De repente, se levanta de la cama como un rayo y comienza a rebuscar entre su ropa por algo.

—¿Qué haces? —Pregunto sin saber qué hacer.

¿Me quedo acostada?

¿Me levanto y le ayudo?

—Alec, me estás asustando, ¿qué haces?

—Necesito mi teléfono, maldita sea, ¿dónde lo dejé?

¿Su teléfono?

¿A quién necesita llamar a estas horas con tanta urgencia?

—¿Qué pasa, Alec?

—Pasa, que no quiero esperar más, en este momento voy a reservar un vuelo, tú y yo nos vamos a ir a Las Vegas, esta misma noche vas a ser legalmente mía.

Sigue buscando hasta dar con el aparatito, pulsa un par de veces sobre la pantalla y comienza a buscar.

—Alec, pero es que ni siquiera me lo has preguntado.

Eso lo detiene inmediatamente, sorprendido por mi reacción.

—¿No te quieres casar conmigo?

Una suave risa sale de mi boca, justo antes de decir—: Lo que quiero es que me lo preguntes, ¿sabes? Esto únicamente va a ocurrir una vez.

Todavía con el teléfono en la mano se acerca a la cama, hasta inclinar su cuerpo sobre el mío.

—Jordania Marie Bauer, ¿te quieres escapar ahora mismo a Las Vegas para que pueda hacerte mi esposa?

—Comandante Trueno, creo que tengo una idea mejor.

〰〰〰

La mañana siguiente, a eso de las once, estábamos abordando un vuelo con destino al paraíso. Nos íbamos a Kauai, el lugar en dónde nuestra historia empezó, es ahí donde en unos minutos Alec y yo nos convertiremos en marido y mujer.

—No es lo suficientemente rápido —gruñó al enterarse que tendría que esperar un poco.

—Tal vez pueda idear una manera o dos de pasar el tiempo, sé lo que te gusta, Houston.

Esa fue la parte fácil, convencerlo. Lo mejor vino horas más tarde, cuando me tenía entre sus brazos, sudorosa, saciada y completamente feliz.

—Pensé que no te importaba lo del anillo —dijo al percatarse que lo estaba observando por enésima vez en lo que iba del día.

—Eso, fue antes de enterarme que iba a ser mío.

Es una sortija preciosa, tres piedras rectangulares alineadas de forma que la más grande está en el medio, flanqueada por otras dos de menor tamaño. Según el joyero, es un estilo art déco, a mí me parece simplemente deslumbrante y no quiero quitármelo jamás.

Mis pensamientos fueron acallados por un nuevo beso y la promesa de lo que vendría después.

—¿Está lista, señorita? —Me pregunta la coordinadora antes de abrir las puertas de cristal que conducen a través del jardín hasta la playa.

—Lista —respondo con una sonrisa, sabiendo que él va a estar ahí, esperando por mí.

Camino descalza, luciendo un sencillo vestido blanco que compré más temprano en una de las tiendas del hotel. En mis manos, un ramo de orquídeas blancas completa el conjunto, llevo el cabello suelto como a él le gusta.

No necesito más, todo lo que quiero está aguardando unos metros más allá.

Nuestras miradas se encuentran y todo se va como en un suspiro. Todo desaparece, estamos sólo el atardecer, él y yo.

Sonríe y logra opacar a los reflejos naranjas que se pierden en el horizonte. La luz sigue aquí.

Se acabaron los tiempos de caminar sin rumbo, de sentirme perdida. Se acabaron los momentos de angustia y soledad, ahora él está a mi lado. Por siempre y para siempre. Él y yo.

Alec.

Mi Alec...

—¿Esto es lo que querías? —Pregunta, besando mi cuello en esa forma que tanto me gusta.

—Eso y más —respondo dejándome arrastrar por el deseo.

—Mi esposa —susurra—, mi mujer.

Ah, qué bonito se escucha eso.

—Mío.

Es tormenta y tempestad. Es agua y aire. Esencia. El amor que sentimos lo llena todo, pone nuestro mundo a andar y es la fuerza que nos impulsa a vivir.

Es el fuego que arde entre mis venas.

Fin

Epílogo

—Esto es guerraaaaaaaaaaaaaaa —escucho el chillido desde la tranquilidad de mi cama, cerrando los ojos, tratando de ignorarlo.

Lo cual, dicho sea de paso, es tarea imposible.

—Muere, muere... —contesta otra vocecita, dispuesta a dar el quite.

Dios, si no son más de las seis de la mañana.

—Otra vez a los gritos, ¿eh? —Murmura Alec antes de acariciar mi cuello con la nariz.

—No hay mejor manera de comenzar el día —respondo con ironía—, a estas alturas deberíamos estar acostumbrados.

Pero es difícil.

—Yo voy, quédate en la cama un rato más.

No tiene que repetírmelo, por fin ha llegado el ansiado fin de semana, unos minutos de descanso extra es justo lo que me recetó el doctor.

Han pasado doce años desde que nos dimos el sí en aquel mágico atardecer, doce años en los que hemos reído juntos, hemos pasado por momentos muy complicados y otros felices. Doce años llenos de peleas, reconciliaciones, retos y conquistas, pero, por encima de todo, doce años llenos de amor.

—No me estoy haciendo más joven —le dije aquella noche mientras yacíamos acostados en nuestra cama, desnudos después de haber hecho el amor.

—No tengo idea de qué estás hablando —respondió, sus manos vagando por mi espalda.

—De mi reloj biológico —le aclaré. Hombres nunca se enteran de nada.

¿Son o se hacen?

—Si vas a querer llenar la casa de niños, es hora de que nos pongamos a ello.

—Y yo que pensaba que este momento debía ser romántico, lágrimas de por medio y cosas por el estilo —se burló—. Si me estás pidiendo un hijo, comienza por mandarme flores, aunque sea, ¿no?

—Esto es serio, Trueno, temo que si esperamos más se haga demasiado tarde.

—Mi vida —dijo besando mi cabello, jugando con él—. Por si no te has enterado, la ciencia avanza a pasos agigantados, no tenemos por qué tomar una decisión apresurada nada más por la presión del tiempo.

—Pero y, ¿si después resulta que no podemos?

Su carcajada me irritó y me confortó a partes iguales. Algunas cosas no cambiarían nunca.

—Si no podemos, ya encontraremos el modo de seguir adelante.

—Pero es que tú quieres tener una familia —agregué con pesar, lo había visto jugando varias veces con los hijos de nuestros amigos.

Sería un padre excelente. Amoroso y paciente.

—Jordania, tú eres mi familia —dijo, tomando mi cintura, moviéndome sobre su cuerpo para quedar completamente alineados—. Todo lo que necesito está aquí.

Su tierna declaración hizo que mis ojos se llenaran de lágrimas.

—Alec, pero es que yo quiero tener hijos, hijos contigo.

Sus ojos se agrandaron por la sorpresa, segundos después, su boca estaba saqueando la mía.

—Alec… —murmuré, nuestra conversación no había terminado.

—Jordania, mi esposa quiere un bebé, sus deseos son órdenes para mí.

—¿Y mis pastillas? —Pregunté, había estado tomándomelas religiosamente durante años.

—Olvídate de ellas —murmuró entre besos.

Hice lo que me pidió, las pastillas quedaron relegadas al olvido y, mientras su cuerpo invadía al mío, todo lo demás también.

Tres meses más tarde no paraba de temblar en tanto la palabra «embarazada» aparecía en la pequeña pantalla de la prueba que habíamos comprado.

Meses después Italia Marie Houston anunciaba su venida al mundo. Mi niña llegó gritando y pataleando, desde entonces han pasado ocho años y sigue haciéndolo.

Dos años más tarde, llegaría Tristan. Esa sí que fue una sorpresa. Después que el doctor nos dejara caer la bomba, tomamos nuestras manos, respiramos hondo y sonreímos.

Nuestra vida se complicaría un poco más, pero seguiría siendo igual de maravillosa.

Mi pequeño guerrero posee la voluntad más férrea que he conocido, a sus seis años voluntarioso, terco y enérgico. No para ni un instante en todo el día. Juega y brinca hasta caer rendido.

¿Esperaban algo diferente?

No, esto no es como en los cuentos de hadas. Alec y yo somos fuertes, mandones y porfiados, ¿por qué nuestros hijos iban a ser de otro modo?

¿Saben qué? No los cambiaría por nada en el mundo. Por nada ni por nadie.

Son simplemente perfectos.

—Mami —susurra una vocecita mientras la puerta de nuestra habitación se abre de par en par—. ¿A qué hora te vas a despertar? Papá está en la cocina con Italia y yo estoy aburrido.

—¿Qué quiere hacer mi príncipe el día de hoy?

En la carita de mi hombrecito se dibuja una sonrisa que bien podría alumbrar la ciudad entera.

—¿Jugamos en el jardín?

Nunca he conseguido tener la fuerza de voluntad suficiente para decirle que no.

Media hora más tarde estamos los cuatro sentados alrededor de la mesa de la cocina dando buena cuenta del desayuno.

—¿A qué hora va a venir mi abuelo? —Pregunta Italia.

Sí. Su abuelo, mi padre, para ser más precisos. Después de todo ese asunto con Casper y las fotos algo cambió en él. No volvió a ser el mismo y nuestra relación, tampoco. Fue como si el dique se rompiera, desatando el caudal de una persona totalmente diferente. Poco después que anunciara mi embarazo él nos hizo saber que estaba listo para el retiro.

—Es momento de disfrutar de la familia.

Decir que nos quedamos boquiabiertos es un eufemismo.

—Quiero jugar con mis nietos ahora que aún puedo —agregó y con eso, ganamos la mejor niñera que el mundo haya conocido.

Con bastante frecuencia lo hemos escuchado decir que abuelo es el título que más le gusta llevar, atrás ha quedado el renombrado almirante, su orgullo y arrogancia. Mis hijos doblegan fácilmente su voluntad y él está más que encantado con eso.

Todos hemos cometido errores, pero nos hemos perdonado y seguido adelante, al fin y al cabo, la familia siempre prevalece porque es el amor lo que nos une.

Estoy hecha una cursi de tiempo completo, ¿qué? Yo también he cambiado durante todo este tiempo.

Bueno, solo un poco.

Sigo trabajando, ahora en tierra. Recientemente, como parte de la modernización de la base naval, se abrió un edificio para el desarrollo de nuevas tecnologías, y adivinen quién está a cargo.

Ahora soy la comandante Jordania Houston, Alec me robó el corazón, así que, como revancha, yo me quedé con su apellido.

—¿Quién está listo para irse de vacaciones? —Grita Alec dirigiéndose a los niños, que comienzan a brincar como posesos.

El sólo verlos así, tan felices, hace que mi corazón dé un vuelco de puritita alegría.

—Mami, el abuelo ha dicho que podremos comer todos los dulces que queramos —exclama Italia con los ojitos brillantes por la emoción.

—Por suerte —interviene Alec en un tono bastante burlón—, es él quien tendrá que hacerlos dormir.

En unas pocas horas mi padre se llevará a los niños a pasar unos días a Florida, según él ya hemos ido demasiadas veces al parque de California y hace falta un cambio de aires.

Con eso nos ha dado la excusa perfecta para escaparnos unos días a nuestro refugio.

Sí, todavía conservo aquel pequeño apartamento en Kauai, hasta ahí nos escapamos cada vez que podemos. Lamentablemente eso no sucede con toda la frecuencia que quisiéramos. Aunque ambos hemos decidido permanecer en tierra, nuestro trabajo es exigente y los niños deben ir a la escuela.

—¿Feliz? —Me pregunta mientras se asegura de que tenga bien puesto el cinturón de seguridad.

Vamos, ni que fuéramos volando en parapente. Este es un avión de última generación.

—¿Eres feliz, Jordania? —Es increíble que después de tantos años siga preguntando lo mismo.

—Más que eso, capitán —susurro con mis labios pegaditos a los suyos.

No, lo que sigue, Alec es el mejor, en todos los aspectos, porque cada uno de sus pasos los da con el corazón.

—¿Te arrepientes de algo?

—Sí —le respondo—, de no haberte amarrado con una de las cuerdas del árbol el día que nos conocimos.

—Sí que lo hiciste, mi vida —me corrige—. Desde ese momento soy tuyo.

—¿De verdad?

—¿Alguna duda al respecto? —Su mano lleva a la mía hasta donde sus pantalones hacen poco por negar lo evidente.

—Creo que sufres del mal de Príapo, Trueno.

—No, señora —me corrige—. Sufro el mal de estar loco por ti.

—Lástima, todavía nos quedan más de cinco horas de vuelo.

Acabamos de despegar, esto apenas empieza.

—Volar en primera clase tiene sus ventajas, sobre todo si mi esposa lleva falda, veremos qué puedo hacer para torturarte un poco, ¿estás lista, Jordania?

Lo estoy desde que lo conocí, porque como él acaba de decir, aquel día bajo ese árbol sellamos nuestro destino. Nos lanzamos juntos a la aventura, una que espero que no tenga final.

Él es mi alfa y mi omega, mi luz.

Mi felicidad.

Lo que los filósofos han buscado desde tiempos inmemoriales.

Mi quinto elemento, la otra mitad de mi alma.

Mi quintaesencia.

Agradecimientos

Gracias a Dios por permitirme ver realizado un sueño más, gracias a Él estoy en este camino que no deja de maravillarme.

Gracias a mi esposo y a mi hija, por ellos puedo escribir sobre el amor, porque es lo que recibo día con día.

Gracias a mi familia por el apoyo incondicional. Un árbol no puede dar frutos si no tiene raíces, gracias por que ustedes son una bendición para mi futuro.

Gracias a mis hermanas de la vida, mi familia que no es de sangre. Sin ustedes no estaría completa. Gracias por existir.

Gracias a mis amigas, por las risas, la lealtad, el cariño y ese apoyo sin el cual yo no podría ahora estar escribiendo estas letras.

Gracias a quienes me ayudaron en la realización de este libro, desde la portada hasta las lecturas de prueba. Gracias por esas correcciones, las notitas de mente demente y cierta rompe que no dejaba de acosar pidiendo más.

Gracias a toda esa gente maravillosa que conforma mi equipo de trabajo, soy la mujer más afortunada del mundo al contar con ustedes, gracias por hacer grande mi obra, no tengo manera de pagarles todo ese esfuerzo desinteresado. Gracias, gracias, gracias.

Y gracias a ti, gracias por vivir, llorar y soñar conmigo. Gracias porque al abrirle las puertas de tu corazón a estas letras, me estás impulsando a volar cada vez más alto, a descubrir mundos que ni siquiera conocía.

Con todo mi corazón, gracias.

Oxana Mokel.

Sígueme en redes sociales

www.susanamohel.com

Otros títulos de la autora

Serie *Elemental*
Como agua entre los dedos
Castillos en el aire
Con los pies en la tierra

Lenguaje de mi piel
Secretos bajo mi piel

Serie *La llave de su destino*
Indeleble
Inevitable
Impredecible
Intangible

Muy pronto
Igual que ayer

Made in the USA
Las Vegas, NV
15 February 2021